译文经典

陌路人
L'étranger

Albert Camus

〔法〕加缪 著

沈志明 译

上海译文出版社

阿尔贝·马尔凯所作《逆光,阿尔及尔》(1924)

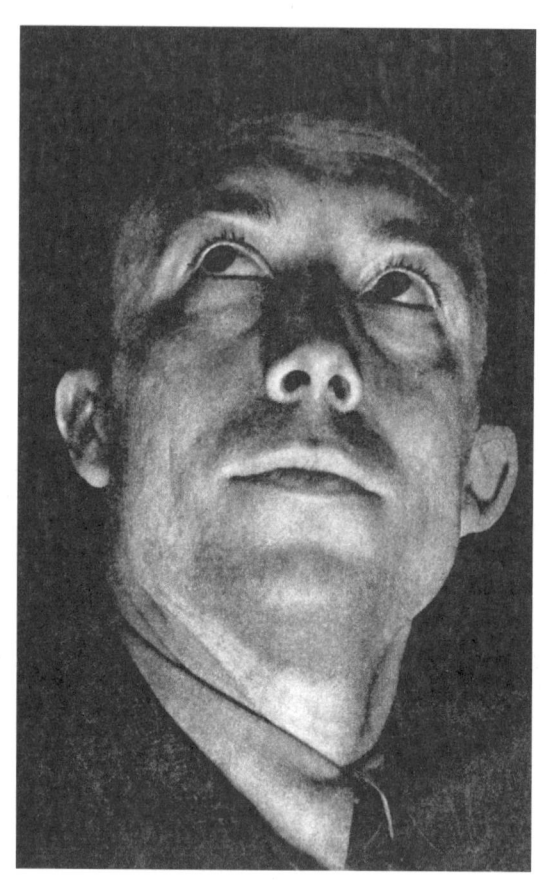

为《时尚》杂志拍摄的照片

《陌路人》（又译《局外人》、《异乡人》）既非现实主义的，也非虚幻神奇的。我从中多少看出一则降世入俗的神话，但深深扎根于肉体和白日温暖之中。有人硬想从中发现一个新型的背德主义者。完全错误。［……］至于默尔索，在他身上有某种积极的东西，就是他至死拒绝说谎。所谓说谎，不仅仅说些子虚乌有的东西，也会同意说些超出自己知道的东西，大多数情况下随俗浮沉，与时俯仰。默尔索没有选边站，不理会法官，不遵从世俗法则，不顺应习俗约定。他存在，像块石头，或如风或似海，在太阳底下，石、风、海，它们从不说谎。你们若从这个方面去读，将发现一种诚实的道德观以及一种尘世的快乐，既挖苦搞笑，又悲天悯人。

——摘录自加缪给哈德里希的书信（1954年）

《陌路人》名句摘录

一个人的失败不能怪环境,要怪他自己。

荒诞存在的最高境界:无为,从无所为而为达到无为。

自杀是一种忘恩负义。一个人从来不会时时处处都倒霉的。

人们总是对自己不熟悉的东西产生夸张失实的想法。

一个沉默多于说话的人是一个更有价值的人。

要命的错误在于把不属上帝的也归于上帝,其实根本没有不属于上帝的东西。(加缪式悖论)

重要的不是永恒的生命,而是永恒的活力。(加缪引尼采语)

目 录

译序 ………………………………… 沈志明 001

第一部分 ………………………………… 001

第二部分 ………………………………… 063

补编

作者前言——应美国大学出版社出版该译著而作（1958）
………………………… 阿尔贝·加缪 130

译 序

——我永远是自己的陌路人（加缪语）

L' Etranger《陌路人》又译《局外人》、《异乡人》，1942年发表后很快名满天下，二十多年间翻译成六十多种语言。然而，加缪也很快发现西方舆论中有不少人把他视为卡夫卡的门徒，把他这部成名作的主人公默尔索看成跟《城堡》主人公 K 一样的局外人或异乡人，因此很多外国语言译文，包括中国迄今为止所有版本皆译为《局外人》或《异乡人》，尽管早在《西西弗神话》再版本第一补编《弗兰茨·卡夫卡作品中的希望与荒诞》中，加缪高度赞赏卡夫卡之余，已经明显与其拉开了距离。

因此，我们必须正本清源，作为学者译家，责无旁贷。首先从书名标题着手吧。我们知道，《城堡》中主人公土地测量员K这个异乡人来到一个村镇，其最高行政首脑是个神秘而富有传奇色彩的伯爵，住在山丘上的城堡里。K，竭尽全力企图融入山下村镇小社会，但处处碰壁，复杂的排外行政官僚机构千方百计阻挠，但K不死心，求职不成，便想屈就当个正式村民，也不行，甚至他把屈从平民变成一种伦理，也不行，始终摆脱不了"村镇局外人的奇怪诅咒"，越来越穷途末路，直到卡夫卡写不下去，罢笔了事。顺便提一句，有头无尾的故事，是卡夫卡荒诞哲理作品的特征之一。

然而，默尔索与异乡人K这个局外人完全不同，他是法属领地土生土长的法国人，至少是第三、四代法国人后裔。比如，老板给了他一个机会，随时可以去巴黎立业成家，但被他谢绝了。他虽然职务低微，收入微薄，却享受殖民者特权，爱干什么就干什么；又如协助雷蒙欺辱阿拉伯人而不受惩治。当然，他必须信仰上帝（天主教是国教）、遵守法律和承担家庭义务，一旦犯法，情节严重者同样受到严惩。总之，他是这个故事的主人公，事事与他有关，是百分之百的局内人，问题在于他与社会格格不入（Il est étranger à sa société.），与母亲形同陌路（Il est étranger à sa mère.），他甚至是自己的陌路人（Il est étranger à lui-même.）。我们不妨列举几个典型的例子如下。

加缪早期创作及散论每一集都要谈及主人公与母亲形同陌路的感觉，却不妨碍他内心深爱着母亲。读者看得出沉默寡言的母亲也深爱着儿子。作者反复以稍微不同的文字或长或短作几乎相同的表述，举个例子：

"儿子走进昏暗的屋子，辨别出骨瘦如柴的身影之后，停下脚步，不禁毛骨悚然。他朦胧瞥见自己的身世，面对这种动物般的平静欲哭无泪。他怜悯自己的母亲，这是爱她吗？母亲从来没有抚摸过他，因为她不会，于是他久久盯住母亲，备感自己是**陌路人**，从而意识到自己的痛苦……但要是老外婆打他，女儿就对她说：'别打头。'因为是她的儿子，她爱他呗。孩子心头一阵冲动，感受到自己对母亲的爱，毕竟是他的母亲哪。"

加缪多次描述"我是自己的陌路人"，举两例如下：

"我自己照镜子，突然发现有陌生人朝我走来，抑或在自己的相册里重新见到亲切而令人不安的兄弟，油然产生我是自己的陌路人那种荒诞感。"

"在旅途中，我们可以模仿自己在故国随意活动的样子，否则远离家乡的那个人会把自己视同陌路。"

再举一个与社会格格不入的典型范例：

"路易十六是我们中间的陌路人，与我们格格不入，是我们的革命对象。"大革命时期激进派大人物圣茹斯特如是说，意思是路易十六与我们形同陌路，非把他干掉不可。

综合上述四则例子，我们可以准确把握加缪在《西西弗神话》对"陌路人"的论断了，他写道：

"我对自己存在的确信和对这种确信试图赋予的内容，两者之间的鸿沟，永远也填不满。**我永远是自己的陌路人。**"

但谨请注意，产生"我是自己的陌路人"这种荒诞感只属于像默尔索这样的荒诞人：一切凭着感觉走，一切由着性子来，不会也不懂考虑后果。为此，我们不得不列举多个范例才能讲得清楚。

母故噩耗，默尔索一时愕然，昏眩慌乱，失去了时间概念。向老板请假时,老实的默尔索很不好意思,不由自主进行荒诞推理。到了目的地,步行去老人收容所①,"很想马上见到娘",并非人们推测他心中无老娘。不料,所长以长官和长辈的口气提醒默尔索是赡养者,言下之意他不该送老娘来收容所,默尔索听出对他有所责备,正准备解释却被阻止。所长接着说他娘在收容所多有朋友相伴,很是幸福,言下之意,责怪他一年未来探望亲生母亲,接着阴阳怪气地说:"想必您迫切要见一见您母亲吧。"默尔索听了心里不是滋味儿,等到看门人准备叫人揭开棺材请默尔索查验他娘遗体,他不由自主地阻挡了:"不必啦!"弄得看门人惊讶不已。后来,这将成为最后判他死刑的第一条罪名,也是最主要的罪状:娘死儿无泪,拒绝验尸。荒诞人默尔索自尊心很强,对自己不得不低三下四聆听所长训诫而产生抵触情绪又转为抵制反抗,即荒诞反抗:急于见娘最后一面的他,突然不想见了。这正是荒诞人典型的表现之一。接着守夜时,他

---

① L'asile,此处应译老人收容所,由国家资助,教会慈善组织经营,收容法籍穷困而无力照料自己的老人;la maison de retraite,养老院,是供法籍中产以上阶层老人颐养天年之地,费用昂贵。

陌路人 | 005

抽烟，其实他犹豫过，生怕不守规矩，对母亲还是有点敬畏感的，但抵挡不住烟瘾，还是抽了。陪伴他守夜的看门人也默认了，并接受他递上的烟跟他一起抽，并且还喝了牛奶咖啡。这在后来起诉时成了第二条罪名：违反守夜规矩，对仙逝母亲大不敬。当人们多次问他母亲的年龄，他一概老实回答："我不知道她确切的年龄。"他的回答在法庭上引起公愤，简直令人发指，自然成了第三条罪名：把母亲视同陌路，忤逆不孝。葬礼后回到阿尔及尔的第二天就跟一个轻浮的女子一起游泳，之后一起看滑稽电影，晚上带回家睡觉，这是肆无忌惮地寻欢作乐，是对老娘最大的蔑视。这理所当然成了第四条罪名，也是在起诉时检察官认为最恶劣的罪状，其严重性甚至超过下列关键的第五条罪状：

荒诞人默尔索不懂既定道德准则，居然为雷蒙起草践踏女性的信件，被雷蒙称为真正的伙伴却又感到惊讶不已：根本不懂哥们儿义气的人却做了有哥们儿义气的事。比如雷蒙毒打女姘头，玛丽要他去报警，他坚决拒绝：典型的事不关己,高高挂起。但是雷蒙毒打情妇的弟弟,这个阿拉伯小伙子纠集一帮伙伴想打群架,报复雷蒙,默尔索居然答应去警察局为他做伪证,使雷蒙得以解脱,也算不上哥们儿义气,只是出于种族歧视,在他看来,是很"自然"的事:法国人帮法国人呗。这个荒诞人与众不同之处在于最后为了或因为雷蒙而失手开枪打死雷蒙的仇人,确实无意的。但法庭根本不信他的说辞,他声称阿拉伯人拔出匕首,在阳光下闪闪发亮,刺激他因炎热满头大汗,眼睛受不了,无意间失手开了枪。是的,他宁死不撒谎。正如加缪在给哈德里希的信(1954年)中指出:

"……至于默尔索,在他身上有某种积极的东西,就是他至死拒绝说谎。所谓说谎,不仅仅说些子虚乌有的东西,也同意说些超出自己知道的东西,大多数情况下随俗浮沉,与时俯仰。默尔索没有选边站,不理会法官,不遵从世俗法则,不顺应习俗约定。他存在,像块石头,或如风或似海,在太阳底下,石、风、海,它们从不说谎……"

不妨另举个典型的例子证明他老实不说谎：默尔索一见玛丽开口笑便对她产生性欲，非常高兴跟她一起游泳看电影，尤其乐意跟她做爱。但好事刚毕，玛丽问他是否爱她，他回答："这个问题本身毫无意义。"接着还是正面回答："我觉得不爱。"因为不知道爱为何物，爱是个抽象的概念。他喜欢玛丽，跟她做爱，肉体享受，这跟爱不爱没有关系。大凡男子在这样的时刻必定说谎。玛丽向默尔索提出结婚，他一口答应，说什么时候都可以。她进而问他，爱不爱她。他马上回答不爱。玛丽再问他，如果另一个像她这样的女人，也得到他的依恋，他会不会也同意结婚，他回答明确，当然会。总之，女人长得漂亮就行，什么爱不爱无关紧要。事实上他跟玛丽也是光散步不讲话，从来没有思想交流，就像加缪所说，"他存在，像块石头"。他只是需要这样漂亮的女人在身边就行。于是，玛丽找到了答案：默尔索与众不同之处恰恰在于不说违心话，怎么想怎么说，从不强迫人，别人也甭想强迫他。因此，玛丽爱上这个怪人，也许正因为这一点吧。但，这不证明玛丽完全理解他体贴他，故而打动不了这块石头。这不，默尔索在临死前几乎把她忘掉了。

唯一使他心动、使他动情的却是邻居萨拉马诺老头儿，退休老职工，他丢失如同伴侣的爱犬，一条又老又丑的癞皮狗，一时间失魂落魄，叹道："我如何活得下去啊？"不禁老泪纵横。默尔索见此情景突然真实地想起自己的母亲："我不知道为什么想起我娘了。"他极少这样动了真情，哪怕是一秒钟就过去了。因为，唯有活得像条狗的老头儿理解他，唯有"他知道我很爱母亲"。这不，"他也觉得送我娘去老人收容所是很自然的事儿"，既然我没有足够的钱雇人伺候她；还说："况且她已经很久无话对我说了，她独自一人闷得慌哪。"老萨说："是呀，在老人收容所，至少找得到伙伴哪。"全书只有活得不像人的老萨理解他。不过，话得说回来，默尔索既然像块石头，要别人理解他也难。

默尔索被捕，一点也不紧张，自认为案子非常简单：阿拉伯人先亮出闪闪发光的匕首，正当防卫嘛，认为"这是鸡毛蒜皮的事儿"，坚持认为事情很简单，是别人把事情搞复杂化了，他根本不需要律师辩护，只需别人理解他，而且他生性不爱说话，又不露声色，就像石头那样不说话。预审法官向他指出："凭着上帝的帮助，他能帮帮我的。"但默尔索根本不吃这一套，上帝也帮不了他，因为他认为上帝根本不存在。

于是预审法官责问他为什么还朝被他击毙倒地的人一连补开四枪，上帝绝对不允许的。默尔索哑口无言，但心想当时他是不由自主的，根本不认为只等了几秒钟再开枪就是犯罪行为。这等于说倘若他连开五枪就没罪了？然而，法官是虔诚的基督徒，很难相信别人不信上帝，而默尔索压根儿就不认为上帝跟他有半毛钱的关系。法官和律师见他那么顽固不化，就不再规诫他了，除了日常行政手续，就让他独处算了。他正求之不得："假如人家要我住在一棵枯树空心树干里，无事可做，只可抬头仰望天上浮云，我也会慢慢习惯的。"正如加缪在别处写道："这令人想起释迦牟尼，在沙漠待了许多年，静坐不动，眼望苍穹，连诸神都妒羡这种明哲通达和石头的命运。"[1]

---

[1] 引自《手记》第922页，七星书库版本，加利马出版社。

我们借此机会简要指出，加缪借助石化手法，用来医治对存在的悲剧性太过敏感的意识，不啻是一剂良药，可视为加缪早期作品中对被感知反抗没有出路的一种抉择。为此，加缪在作品中用了许多二律背反的说辞，比如："要么得到一切，要么失去一切"，处于二者必取其一的困境之中，这叫因"囚徒意识"而形成的"囚徒困境"。往往在追求石化世界时，默尔索便想起老娘："有人比我更不幸呢！"更何况这是老娘的一个想法，他常说："人到头来，对一切都习惯了。"这是坐牢后第二次想起老娘。

开庭时，默尔索注意到大家相遇、招呼、交谈，就像在俱乐部，大家高高兴兴作为同一圈子的再次相聚，默尔索说："我想明白了自己产生的奇怪印象：我是多余的，有点像不速之客。"每当默尔索处于一种境况，他都会情不自禁地感到对自己承受的人生状况产生一种脱节或破裂，外表总是有悖人生的，或惹人耻笑的。加缪通过外部的逻辑因果关系精心确保表达荒诞作为人与外界直接的体验："我是多余的。"法庭上，当事人反倒成为多余的人，正是十足的荒诞。这使默尔索这个多余者面临自己命运决定性时刻产生了厌恶感。

综上所述，默尔索言谈行事只凭感觉走，事实上并不知道自己在做什么，更确切说，并非有目的，更无预谋要做什么。检察官一而再再而三对他进行道德谴责。比如，默尔索为雷蒙凌辱女性起草信件和作伪证，检察官斥责他是权杆儿的同谋，造成最下流的荒淫无耻的惨剧。进而把他与社会格格不入的性格缺陷无限上纲上线，刻意妖魔化，鼓动大家对他刻骨仇恨，宣告："我控告此人怀着杀人犯的心埋葬了自己的母亲"，"我向你们请求拿下此人的脑袋"。

荒诞人默尔索反抗了："我不能接受这种蛮横无理的决断。"震撼人心的反抗使他脱口而出："这不可能。"然而其中却包括着绝望的确信："这是可能的。"他回到单身牢房心里很不服气，认为他"尽管以诚相待，却不能接受这种蛮横无理的立决：砍头之罪。此刻再次想起母亲曾给他讲过其父的一段往事：上刑场观看砍头，回家忍不住呕吐了好一阵子。他万万没想到这成了他的命运！但在这方面，希腊悲剧教益良多：命运在逻辑性和自然性的面目下越来越明显可感。俄狄浦斯的命运是被预告天下的，上天决定他将犯下谋杀罪和乱伦罪"。

默尔索被处决前再一次想起母亲："我娘常说，一个人从来不会时时处处都倒霉的。"这话引发他的彻悟，他叹道："我觉得我娘言之有理。"因为人们总是对自己不熟悉的东西产生夸张失实的想法。他进一步思考和推理：我的上诉被驳回，那么我必死无疑，比别人死得早而已。"世人皆知生命不值得度过。"因此他应该接受他的上诉被驳回。默尔索彻悟人生，早也死晚也死，不如勇敢面对，视死如归，自个儿想通了自己的命运，从而彻底拒绝神甫的精神指导，直截了当回答："我不信上帝。"

教导神甫的任务是什么？他教导什么？他以上帝的名义解救世人的灵魂，并不在乎判处死刑是否正义。他教导说："世人的正义无关紧要，上帝的正义就是一切。只有上帝才能为世人洗刷罪孽。"默尔索反驳道：

"我是犯罪者，我付出代价，除此之外，谁也不能要求我任何东西了。"他无需神甫来教导，讨厌他来纠缠。

默尔索强力反抗神甫的"谎言"，对抗到底，所以自信十足冷对死亡，是因为他自信自己的人生价值："我，看上去两手空空，但我确信自己，确信一切，确信度胜于他（神甫），确信自己活着和即将到来的死亡。"他临死前又想起母亲，终于明白老娘为什么晚年要弄个"未婚夫"，"我娘必定感受到了解脱"，从而"再活上一回"，"任何人都没有权利为她而悲伤"。以此证明，他在安葬母亲期间没有哭，何罪之有？结论是：默尔索一生是按自己的意愿度过的，从不做违心事，所以"我深感我曾经是幸福的，我依然是幸福的"。一切善始善终，这样一想，自我感到升华为耶稣·基督之死。加缪写道："人世一切皆为物质，死亡仅仅意味着返回元素，返回实有，成为石头。伊壁鸠鲁所谓奇特的快感之要素在于没有痛苦，即是石头的幸福。"

如此说来，加缪写默尔索赴刑场前夕和清晨的场景与《西西弗神话》的结尾有异曲同工之妙，两者都是忧心痛切太过沉重，不堪重荷，等于是客西马尼①之夜。另外，默尔索又令人想起俄狄浦斯，后者起初不知不觉顺应了命运，但一旦觉醒，脱口吼出一句过分的话："尽管磨难多多，凭我的高龄和高尚的灵魂，可以判定一切皆善。"索福克勒斯笔下由俄狄浦斯道出的著名格言，正是有关荒诞胜利的格言。我们大胆推断，加缪是想说，古代的智者明哲与现代的英雄主义无缝接轨了。

总之，加缪之所以把默尔索树立成一个标准的荒诞人，是因为他塑造这个人物是为《西西弗神话》所阐述的理论提供一幅综合性插图。加缪说："世人是自身的目的，唯一的目的。"反过来说："上帝是'我'的一种异化（施蒂纳语），这就是荒诞人。"默尔索就是典型生活于上帝之外的荒诞人。然而，他与其生活的社会格格不入，貌合神离，哪怕与亲娘也形同陌路，因为他不善蝇营

---

① 耶路撒冷橄榄山下一庄园名。据《新约全书》，被犹太人出卖的耶稣趁门徒们熟睡时在此祷告，次日被捕受难。

狗苟:"我拒绝说谎,接受为真理而死亡。"一言以蔽之,"我尽力在我的人物身上塑造一个基督形象",加缪如是说。

沈志明
2017年春末于上海

第一部分

一

今天，娘死了。或许昨天吧，不清楚。倒是收到老人收容所一封电报："母故。明日安葬。慰唁。"根本没说清楚嘛。没准儿是昨天吧。

老人收容所在马兰戈，离阿尔及尔八十公里。乘两点的公共汽车，下午便到。这样，我可以守灵，明晚就可回家。我有这样的理由向老板请两天假，他哪能拒绝呢。但他好像不高兴。我甚至对他说："这不是我的错哇。"他却不加理睬。于是我想，我不该对他说这话儿。总归不必由我道歉吧，倒是该他向我慰问才是呢。后天他看到我戴孝，大概会向我有所表示的吧。眼下有点像我娘还没死似的。下葬后反倒不一样,事情将了结,一切盖棺定论。

我乘两点钟的公共汽车。天热得很哪。我跟往常一样,在塞莱斯特之家餐馆吃饭。他们所有人都替我难过哇。塞莱斯特对我说:"咱们只有一个母亲哪。"我临走时,他们送我到门口。我有点儿冒失,因为我不得不上楼去埃马纽埃尔家,向他借黑领带和臂膊纱。几个月前,他失去了亲伯。

我跑步去车站,怕赶不上趟。又是赶,又是跑,没准儿因为这样,再加上汽车颠簸,汽油味儿扑鼻,天与路,交相反射阳光,弄得我昏昏沉沉,几乎一路昏睡。醒来时,竟歪靠在一位军人身上,他朝我微微一笑,问我是否来自远方。我回应"是的",话也懒得说。

老人收容所离村镇两公里。我是步行过去的,很想马上见到娘。但看门人对我说必须让我先会一会所长。由于他忙着事儿,我等了一会儿。等的当口儿,看门人东拉西扯,之后,我见到所长;他在自己办公室接见我。他是个小老头儿,却佩戴荣誉勋位勋章。他打量了我一下,眼色浅而亮,然后拉住我的手，久久不放，弄得我不知如何抽出手来。他查看了一份卷宗后对我说："默尔索太太是三年前进来的。您是她唯一的家庭赡养者。"我以为他对我有所责备，就开始向他解释。但他没让我解释："您不必辩解，亲爱的孩子。我看过您母亲的档案。您没有能力承担她的用度。她必需有人照管。您工资微薄。终究她在这里活得更快活些吧。"我回答："是的，所长先生。"他接着说："知道不，她倒是有些朋友哩，跟她年龄相仿嘛。她可以跟他们分享过去有趣味的事情。您年纪轻轻，跟您在一起，她会感到厌烦的。"

他话倒说得很实在。我娘在家的时候，她的眼睛老是没完没了跟随着我，却一声不吭。她到收容所最初的日子，经常哭鼻子，因为不习惯呗。待上几个月之后，要是有人把她从所里接出来，她又会哭的。还是因为习惯的原因呗。近一年来，我几乎没去过收容所，也有点上述的原因；也因为这要占用我的周日，还得费劲赶公共汽车、购买车票，还不算两个小时路程。

所长还在唠叨，但我几乎不再听得进了。之后，他对我说："想必您迫切要见一见您母亲吧。"我站起身，什么也没说。他领着我出门。在楼梯上，他向我解释："我们将她转移到小太平间，为了不惊动其他老人。每次有寄养者去世，其他寄膳宿老人都会犯两三天神经过敏，给服务工作添上麻烦。"我们穿过一处院落，那里有许多老人，三五成群闲聊着。但我们经过他们身边时，他们便不吱声了。等我们走过，闲聊重新开始，恰似一群群虎皮鹦鹉叽叽喳喳噪个不停。我们走到一幢小房屋门旁，所长向我告别："默尔索先生，失陪啦，有事儿，尽管来我办公室找我。原则上，安葬定于明日上午十时。我们已经考虑到这样便于您为亡者守灵。最后一个决定：您母亲好像经常向同伴们表达想要按宗教仪式安葬的愿望。我决定由我亲自来承办。但我决意当面向您奉告。"我谢了他。我娘虽不是无神论者，却一生一世都未想到过宗教哇。

我进屋了。这是一间十分明亮的堂屋，四壁刷上白灰，顶棚一色玻璃。屋内摆着几把椅子和几个 X 形支架。屋中央两个支架支起一口棺材,已合上棺盖。只见得棺材上一些亮光光的螺栓刚拧了一点儿,白木上涂了一层褐色染料,特别显眼。棺材旁边有一个阿拉伯女护士,身穿白色工作服,头上围着一块色彩鲜艳的方巾。

当下,看门人进屋,出现在我背后。他没准儿是跑着来的,结结巴巴说:"有人把棺材给盖上了,我该把螺栓拧开,让你好好看她呀。"他走到棺材旁,我阻止了他的动作。他问道:"您不想验看?"我回答:"不必啦。"他戛然中止。我有点儿过意不去,觉得不该这么回答。片刻后,他盯住我问:"为什么?"但并没有责备,好像问一下罢了。我说:"说不好。"于是,他捻了捻发白的唇髭,瞧也没瞧我,却明白告诉我:"理解。"他,眼睛俊秀,浅蓝,脸色透出一点红润。他递给我一把椅子,自己却在我后面一点儿坐下。看守的女护士站了起来,朝门口走过去的时候,看门人对我说:"她脸上长了一块下疳。"①由于不懂,我瞧了瞧女护士,但

---

① 阿拉伯女护士在法国殖民地时期是二等公民,不享受福利等特权。下疳是一种溃疡,很可能是得了梅毒之类。

陌路人 | 005

见她双眼下有绕头一圈的绷带,鼻子上端的纱带是平服的,乍眼望去,只看到她脸上白色的绷带。

女护士走了以后,看门人对我说:"我让您一个人静一会儿吧。"我不清楚自己做了什么动作,反正他没离开,一直站在我后面。背后有人,使我感到拘束。大厅充满午后末尾灿烂的阳光。两只大胡蜂撞着玻璃天棚嗡嗡瞎折腾。我感到发困,没转身便跟看门人搭话,问道:"您在这儿干好久了吧?"他立刻回答:"五年了。"好像他一直等我问话。

然后,他絮叨不休了。要是有人对他说他会在马兰戈收容所当个看门人终老,他定会大吃一惊,他今年六十四岁,是巴黎人哪。我立刻叫停他的话匣子,问道:"喂,您不是当地人?"曾记得先前他带我去所长办公室,他谈起过我娘,对我说什么必须快快给她下葬,因为在平原天气很热,尤其这个地区。讲到这当口儿,他告诉我在巴黎生活过,很难忘怀。在巴黎,跟死人待上三天,有时四天。在这里可没时间等哪,还没理出个头绪便不得不跟着柩车后面跑。这时,他妻子对他说:"住嘴,对先生要说的并不是这些事情嘛。"老人红着脸连声道歉。我赶紧打圆场说："不要紧的，不要紧的。"我倒觉得他讲得准确，蛮有趣味儿。

在小停尸厅，他向我透露刚进老人收容所时是个穷光蛋。由于他觉得自己身强力壮，便自告奋勇来承担看门人这个职位。我提醒他，不管怎么说，收留他的总归还是老人收容所吧。他对我说不对。我已经很惊讶他讲到养老寄膳宿者时的一些说法，"他们"，"其他人"，较少也称"老人们"，可是有些寄膳宿者并不比他年纪大呀。但很显然，他认为不可相提并论。他可是看门人喔，在某种程度上，他对那些老人是有些管辖权的。

当下，看守女护士进屋。夜色骤然降临。很快，玻璃天棚上的夜色越来越浓。看门人拧了一下开关，突然灯光四射，刺得我眼花缭乱。他约我去食堂吃晚饭，但我不饿。于是他提议给我来一杯牛奶咖啡。我很喜欢牛奶咖啡，便接受了。过了一会儿，他端着托盘回来。我喝了。于是很想抽烟。但我犹豫了，因为不知道能否在我亲娘跟前抽烟。我考虑了一下，无关紧要吧。我给看门人递了一支烟，我们一起抽。

片刻之后,他对我说:"您知道,令堂的朋友们也来为她守灵,是这里习俗。我得去找些椅子和黑咖啡来。"我问他是否可以熄灭一盏灯:照在白墙上的灯光很强烈,使我眼睛疲劳。他对我说这不可能,灯就是这么安装的:要么全亮,要么全灭。此后,我不再过多理会他了。他出去又进来,安置椅子,把咖啡壶放在其中一把椅子上,壶四周码放叠起来的一些杯子。然后到我娘棺木另一边正对着我坐下。看守女护士也在那边转过身子坐在尽里。我看不清她做的事儿,但从她手臂的动作,我猜测她在打毛线。室内温暖,咖啡使我暖和,从敞开的大门,涌入夜色和鲜花的气息。我觉得自己眯了个盹儿。

一阵窸窸窣窣把我弄醒,眯了一会儿觉得室内的白色更加光亮耀眼。我眼前没有一处阴影,每个物件,每个角落,所有曲线勾勒的轮廓纯粹得好刺眼哟。当下眼见我娘的朋友们进屋了。他们总共十来个人,寂然无声地滑入这耀眼的光亮中。他们坐下,没有让任何一把椅子吱嘎作响。我见到他们好像从来没有看见过人似的，我没有漏掉他们脸上或衣服上任何一个细节。但是我听不到他们的声音，难以相信他们的真实性。几乎所有妇女都穿罩衫，带子束紧腰部，使她们的肚子凸出来。我还从来没注意到老妇女能有大肚子。男人们几乎个个骨瘦如柴，拄着拐杖。他们的脸使我吃惊的，正是看不见他们的眼珠，只见得无光芒的一点儿亮，眼睛埋在皱纹窝里。他们坐下时，大部分都打量起我，拘束地向我点点头，双唇一并被没有牙齿的嘴含着，让我弄不明白他们是在向我致意，抑或是在抽搐。我倾向以为他们是向我致意。此刻我这才发现他们正围着看门人在我正对面坐着摇头晃脑地议论。我一时间得到可笑的印象，仿佛他们正在审判我。①

没多久，一个女人开始哭泣。她在第二排，被一个女伴遮挡住，我难以看清，她低声抽泣，有板有眼：我觉得她会哭个没完。其他人好像听而不闻，他们消沉，忧郁和沉默。

---

① 参见加缪剧作《被绑的普罗米修斯》（1937年于劳动剧场上演），希腊神话中，厄里倪厄斯复仇女神们负责执行法官们的判决。

他们看着棺木,看着手杖,看看东望望西,他们只是这么傻看。那个女人还在哭泣。我好生惊讶,是因为不认识她吧。我好乐意不再听见她哭,但不敢跟她说穿。看门人欠身劝她,跟她说了点什么,但她直摇头,嘟哝了点什么,然后继续有板有眼哭泣。末了,看门人来到我这边,在我近旁坐下。过了相当一阵子,在没正眼瞧着我的情况下告诉我:"她跟令堂关系很密切。她说,这里唯一的朋友便是令堂。现在什么朋友都不会有了。"

我们就这样待着好久。那个女人长吁短叹、抽噎呜咽渐渐减少,但用鼻子吸气又频又响,后来总算不作声了。但我睡意全无,很累、腰痛。现在所有在场的人都无声无息,叫我难受。只是时不时,耳听得一点儿怪声,弄不清楚是什么。听久了,终于猜想在坐的有几个老头儿啀腮颊,发出怪怪的咂嘴声。对此,他们自己毫无意识,因为整个儿陷入沉思默想中了。我甚至仿佛觉得,他们中间躺着的这个死者在他们眼里毫无意义。但我现在相信当时的印象是错误的。

我们大家都喝了咖啡,是看门人端来的。之后,我什么也不记得了。一夜过去,我记得在某个时候,睁开过眼睛,但见老人们蜷缩一团睡着了,有一位例外。他把下巴颏搭在两手死抓住手杖的手背上,眼睛死死盯着我,好像只等我睡醒①。后来我又睡着了。不过,我又醒了,因为腰疼得越来越厉害。晨曦悄然在玻璃天棚露脸。不久,其中一名老人醒了。他咳得很厉害,把痰吐在一块方格大手帕上,每吐一口都很费劲,像是抠出来似的。他的咳嗽倒是唤醒了其他人,看门人说这些人也该退场了。他们全体起身,这难熬的一夜守灵使他们面色如灰。非常出乎我意料的是,他们出去的时候,一个个都跟我握手,好像我们彼此没说一句话的守夜倒使我们愈发亲近了。

我心力交瘁。看门人把我带到他家,我得以稍为盥洗,又喝了牛奶咖啡,味道很好。我出他家门时,天大亮了。隔离马兰戈与大海的山丘上空一片红霞映照天边。越过山陵吹来的风带着一股盐味,准是个晴朗的日子。我来乡下已经是好久的事儿了,我觉得要是没老娘这档子事儿,出去散散

---

① 请参考卡夫卡《城堡》中相似的场景。

步，该多惬意啊。

不过，我还是待在大院一棵梧桐树下等候。我闻着润土的清香味儿，不再困倦。我想起公司的同事们。此时，他们正起床准备去上班：对我而言，这是最艰难的时刻。我还在想这些平常的事儿，思绪却被房子里的钟声打断，但见窗户里面好一阵忙乱搬动家具，然后一切平静下来。太阳在天空升高了一些，开始晒暖我的双脚。看门人穿过大院来对我说所长要见我。我去了他办公室。他要我在一些字据上签字。我注意到他穿着黑色礼服和条纹裤子。他拿起电话，却对我这个当事人询问："殡仪馆的人已经到了一会儿，我马上要求他们来盖棺。在盖棺前，您要不要见母亲最后一面呢？"我回答不要。于是他对着电话筒低声下令："费雅克，告诉那帮人可以去盖棺了。"

然后，他对我说，他亲自参加殡葬，我谢了他。他在自己办公桌后面坐下，交叉起两条短腿。他告诉我，他只跟我两人参加，带上一名值勤护士。按规矩，养老寄膳宿者不应该参加葬礼，只许他们参与守灵。他指出："这涉及人道问题。"但就本案而言,他特许我娘的一个老男友参加送殡,他叫:"托马斯·佩雷兹。"说到这里,所长微微一笑。他对我说:"您是明白人,这关乎一种有点儿幼稚的情感。他跟您母亲形影相随。在所里,有人跟他们逗趣儿,对佩雷兹说:她是您的未婚妻吧。他笑笑,反正挺让他们高兴的。默尔索太太之死,这件事让他很痛苦。我不认为应该允许他送殡。不过,根据保健医生的忠告,我昨天阻止了他守灵。"

我们面面相觑相当之久。所长起身,望着办公室窗外,不一会儿,他引我注意说:"瞧!马兰戈的神甫来了,他提前到了。"他有言在先对我说:"教堂就在村镇,至少要步行三刻钟。"我们下到院子里,神甫和两个侍童等待在房前。其中一个提着香炉,神甫欠身帮他调好银链的长度。我们走到他们跟前时,神甫刚直起身子。他称呼我"我的孩子",并对我说了几句话。他进屋,我跟着进去。

我一下子就发现棺木的螺栓已拧上,厅里有四个黑衣男子。同时我听得所长对我说柩车现已在路上就位,神甫已开始祈祷。自此刻起,一切很快布置就绪。那四个男子各自拉着一块方形毯子一角走向棺木。神甫,他的随员们、所长和我一起走了进来。门前有一位太太,我不认识的,所长向她介绍我说:"默尔索先生。"我可没听清这位太太的姓氏,只明白她是被委派来作为代表的护士。她长着一张瘦削的长脸,带着一丝微笑向我点了点头。然后我们整整齐齐站成一排,让棺木过去。我们跟在抬棺人后面,一起走出老年收容所。大门口正停着一辆柩车,上了清漆,椭圆形的,精光锃亮,令人想起笔盒子。柩车旁是葬礼安排者,矮个子,穿着不伦不类;还有一个老头儿,一副尴尬相。我心知肚明,必定是佩雷兹先生。他头戴一顶柔软的圆毡帽,侧翼宽檐(棺木经过大门时,他把帽子摘掉了)。裤脚管在鞋面上扭成一团,脖子系一条黑布领带,配在大白衣领上又显得太小。鼻子长满黑点,下边的双唇直哆嗦。他的白发相当纤细,使双耳裸露在外,长得怪怪的耳朵晃来晃去,丑陋的耳廓呈血红色,与苍白的脸色形成反差,令我触目惊心。葬礼安排者要我们各自就位:神父走在最前,后面是柩车,车四周,前后左右共四人。再后面是所长,我本人,断后的是被委派来的护士和佩雷兹先生。

天空已充满阳光，开始直逼大地，温度极速攀升。我不清楚为什么我们等待如此之久才行进。我很热，穿的是深色服装。小老头儿戴着帽，也把帽子摘了。所长跟我谈起他时，我便瞧着他。所长对我说，我娘和佩雷兹先生，经常傍晚散步，一直走到村镇上，不过他们由一个女护士陪着。我眺望四周的乡间。一排排柏树通向接近天边的丘陵，贯穿其间的土地，橙红和绿色相间，房屋虽稀稀拉拉，却错落有致。我理解我娘了。在这个地方，傍晚没准儿是离愁别恨的暂息之时。今天骄阳金光万道，烈日烤得这块风景区遍地颤颤巍巍的，既叫人难熬又使人沮丧。

我们总算上路了。当下，我发觉佩雷兹略微跛行。柩车慢慢提速，老头儿掉队了。围绕柩车的四人之一让别人超过了，现在正跟我并行。太阳升空之快速令我吃惊，这才发觉遍野早已充斥百虫鸣唱、百草簌簌。我两颊汗水直流，因没戴帽，就拿手绢来扇风。这时殡仪职工对我说了些什么，我没听清。他用左手拿着的手绢擦脑门儿，右手往上推了一下自己的鸭舌帽檐。我问他："您说什么？"他指着天重复道："太阳烤人哪！"我说："是呀。"停了一会儿又问我："里头是您母亲？"我还是说："是呀。""她老了吗？"我回答："算老了吧。"因为，我不知道确切的岁数嘛。之后，他不吭气儿啦。我回过身子，但见佩雷兹老头儿落后我们五十来米。他急匆匆赶着路，手拿自己的软帽挥动着手臂。我也瞧了瞧所长。他端端庄庄走着，没有多余的姿态；额上渗出几颗汗珠，也懒得擦。

我感到送殡行列走得更快了一点儿。我四周总是一样的乡间，依然是炎阳遍野，满天赤晖实在叫人难熬。有一段时间，我们经过一段刚修复的道路。太阳晒裂了柏油路，脚踩上去便陷入裂开的焦油沥青，如浓浆般亮晶晶的。车夫端坐在柩车顶上，他那顶煮硬的牛皮帽子好像是在黑色油泥里鞣成的。我有点迷茫无助，在蓝天白云与色彩单一之间，一切皆黑油油：裂开的沥青路黏糊糊的黑，众人衣着晦气的黑，柩车油漆的黑。所有这一切，太阳，柩车的皮革味儿和马粪味儿，油漆味儿和供焚烧的香味儿。我又一次转身，但见佩雷兹好像落得很远，似乎消失在热浪中，后来干脆见不到他了。我细细搜寻，目光所及，原来他离开大路，从田野横穿过来。此时，我也发现前面的路拐弯了。于是，我明白了，佩雷兹是熟悉这个地方的，正抄近道赶上我们呢。果不其然，他就在拐弯处与我们会合了。后来，我们又把他丢了。他还是穿田野抄近路，如此反复好几次。我啊，觉得血直涌上我的太阳穴。

后来一切进行得那么仓促，那么可靠，那么自然，以至于我什么也记不起来了。不过还记得一件事儿，在村镇口，被派来的女护士跟我说过话。她的声音很古怪，嗓音既悦耳又发颤，与她的面容不调配。她对我说："走太慢，多挨晒；走太快，更出汗；进了教堂又热又冷更难堪。"她说得对呀，是走投无路嘛。我还记得那天留存的几个印象。比如，佩雷兹那张脸，他最后与我们在村镇附近会合时，由于神经紧张，心里难过，双颊布满大颗粒泪珠，但满脸皱纹又不让泪流淌，便任其汇拢聚集，形成一层清漆似的铺在皮松肉懈的脸上。又如，教堂和站在村镇人行道上的居民，公墓坟头上的红色天竺葵。再如，佩雷兹昏倒在地，恰似一个散架的牵线活动木偶。再如，撒落在我娘棺木上的血红色泥土以及混杂在土中的白色树根须子。还有当地人，说话声，村镇、咖啡店前等候，马达不停的隆隆声，以及当公共汽车开进阿尔及尔灯光聚集的街区，当想到马上能上床睡上十二个小时，我舒心透了。

二

我睡醒了，才明白那天向老板请假时，他为什么那么不高兴，原来是因为请了两天假，而今天却是星期六呀。不妨说，我那天给忘了，今天起床时才想到的。老板非常自然地想到加上礼拜天我会有四天假期，这不可能让他高兴。但，一则不是我的过错，是人家选择昨天而不是今天给我娘下葬，再则不管怎样，星期六和星期天本来就是我的嘛。当然，尽管如此，毕竟我还得理解老板。

我难以起床，昨日一整天把我累得够呛。刮胡子的时候，我盘算今天要做的事，决定先去游泳。我乘有轨电车去港口海滨浴场。一到那里就扎进规定的泳道。有许多年轻人。我在水中遇见玛丽·卡尔多纳，我办公室从前的打字员，彼时我对她就有性欲。我以为，她对我也有欲望。但不久她就离开了，我们没来得及吧。我帮她爬上一个救生圈，做这个动作时，稍微碰到她两个乳房。她俯伏在救生圈上，我却还在水里。她转过身来向着我，笑着，头发挡住眼睛。我一跃爬上救生圈挨着她。天气惬意，就像闹着玩，我随意把头往后仰，搭在她肚皮上。她一声未吭，我就这么待着。眼里只见到天空，蔚蓝的，金黄的。我感觉得到我颈窝下玛丽的肚子微微起伏。我们在救生圈上迷迷糊糊良久。太阳晒得太厉害时，她便扎进水里，我紧跟她下水。我逮住她，用手齐腰搂住她，两人并肩一起游。她始终笑呵呵的。上岸后，我们擦干身子时，她对我说："瞧，我比您更深褐色。"我却问她是否乐意去看电影，晚上。她还在笑，对我说她很想看费尔南德尔①演的一部电影。我们穿衣服时,她十分惊异见我系着黑领带,并问我是否正在戴孝。我对她说我娘死了。她想知道多久了,我回答:"就在昨天安葬的。"她惊得退后一小步,但没有表示任何意见。我很想对她说这不是我的过错,但没说出来,因为心想我已经对老板说过了,说出来也没任何意思。说到底,做人总归有点错的嘛。

晚上,玛丽已忘得一干二净,电影时不时挺滑稽,但实在太装傻了。她把自己的腿紧挨我的腿,我便抚摩她的乳房。电影快完时,我吻抱了她,但很笨拙。散场后,她来我家了。

我睡醒时,玛丽早已离开了。她曾跟我解释过,她得去姑妈家。我这才想起是礼拜天,真叫我心烦:我不喜欢礼拜天。于是我在床上翻了个身,寻找长枕头上玛丽头发留下的咸味儿。这一觉,我睡到十点。然后我连续抽了几支烟,始终躺着,直到中午。我不乐意像往常那样去塞莱斯特之家吃

---

① 系艺名,原名为费尔南·孔堂丹(1903—1971),法国著名喜剧演员,担任多部电影主角,家喻户晓。

饭，因为他们势必要向我提问题，我不喜欢别人多问。我自己烧了几个蛋，就着盘子吃了，没配面包，因为没有了。我不乐意下楼去买呗。

午饭后，我有点儿心烦意乱，在套房内随意走动。我娘住这儿时，这个套房挺合适的。现在对我来说，太大了，不得不把餐厅的桌子搬进我的房间。我只用这一间了：几把有点儿塌陷的草垫木椅，镜子发黄的衣橱，梳妆台和铜床。其他几间就不再照管了。晚些时候，总得做点儿什么事吧，于是我拿了一张旧报纸，读了读，顺手剪下克鲁申食盐公司的一则广告①，然后把它贴在一本旧簿子里，专册收集逗乐我的东西。我洗了洗手，去阳台上待着。

我的房间朝向市郊城关的主街道。下午晴朗。然而铺石路面泥泞，来往的人稀少，而且行色匆匆。行人中首先是全家出来散步的，比如有一家子人：两个穿着水手服的小男孩，短裤拖到膝盖以下，浆得过硬的衣服使他们有点儿拘

---

① 20世纪30年代《阿尔及尔回声报》登载很有名气的克鲁申食盐公司广告，大肆鼓吹该公司盐的价值，比如："腰不疼了，57岁返老还童"等等。

束；一个小女孩头发上扎个玫瑰红的蝴蝶结，脚上穿一双上釉的黑皮鞋；在他们后面，是大块头母亲，身穿栗色丝绸连衣裙；最后是父亲，小矮个儿，相当虚弱。我一见之下，觉得眼熟。他头戴扁平窄檐草帽，领上扎个蝴蝶结，手持一根拐杖。见他陪伴着自己老婆，我算明白了为什么街区的人议论他时，说他出类拔萃。过了一会儿，是郊区城关的年轻人经过，他们个个头发油光光，系着红领带，上装收紧腰身，饰有一个绣花口袋，脚踏方头皮鞋。我想他们是前往市中心各家电影院；正大声嬉笑着赶乘有轨电车。

继他们之后，街道渐渐人迹稀少。各处演出节目开始了，我心里这么想的。街上只剩店铺业主和猫。街道两旁的榕树上空，天幕澄清却无光辉。对面人行道上，烟店老板搬出一把椅子，倒放在自家店门口，反跨坐下，两臂搭在椅背上端。刚才挤满人的有轨电车此时几乎是空空如也。烟店旁边的皮埃罗之家小咖啡店里，小伙计正用锯屑擦洗空荡荡的店堂。反倒是真正的礼拜天哪。

我把椅子横转个身，就像烟店老板那么放着，因为我觉得这样更舒适。我抽了两支烟，然后返回屋里拿了一块巧克力，再回到窗前来吃。片刻之后，天空阴沉下来，我满以为马上会有夏日暴雨。好在天空渐渐放晴了。不过，团团乌云沿街凌空飘过，恰似预示雷雨将至，使街道更为阴暗了。我凝神伫立良久，眺望天空。

五点钟，一辆辆有轨电车喧嚣而来，把郊区几家体育场的观众像葡萄串似的运回来，他们栖息在脚踏板和栏杆上。随后的有轨电车载回运动员，这可以从他们手提的小箱子辨认出来，他们大喊大叫，高声歌唱，颂扬他们的俱乐部万古长青。其中好些人向我打招呼。其中一人高喊："咱们赢他们了。"我说："好样的。"频频点头。从此时起，汽车开始越来越多了。

白日又有一点变化：屋顶上空变得淡红色。随着夜晚的出现，大街小巷重新热闹起来，散步的人们又纷纷出门。我在人群中认出那位高雅的先生。孩子们疲倦了，哭哭啼啼，或听任拖来拖去。此时，街区的几家电影院向街道倾泻滚滚的观众浪涛。他们中间，年轻人做着比平时更为利落的手势，我猜想他们看了一部冒险影片。从市中心电影院回来的人们稍为晚到一会儿，他们的表情比较庄重。他们还在嬉笑，但时不时显出倦态，耽于幻想。他们仍待在街上，在对面的人行道上来回走动。街区的姑娘们留着长发，手臂挽着手臂。年轻男孩想方设法接近她们，跟她们打趣逗乐儿，姑娘们光顾着扭头嬉笑。我认识她们当中好几个，她们向我打招呼。

当下，街上的灯突然点亮，明亮的灯把初升于黑夜的星星衬得苍白失色，我的眼睛感到疲劳了。灯光照亮了泥泞的路面，一辆辆等距离间隔行驶的有轨电车，而它们的反光又映照了油光的头发，映照了嫣然的微笑抑或白银手镯。不久之后，有轨电车越来越稀少，树木和灯光上空的黑夜已经浓郁，街区不知不觉空寂无人，第一只猫慢悠悠穿过再一次空寂无人的街道。于是我想起必须晚餐了。我觉得脖子有点疼，原来是扒在椅背上跨坐的时间过久了。我下楼买了面包和肉酱，自己下厨，站着吃了。我很想到窗口抽支烟，但空气发凉，我感到有点儿冷。我把窗全关上后，回过来时看见玻璃反光映照着桌子一端,桌上我的酒精灯跟吃的面包碎块搁在一起。我心想又是一个礼拜天给打发过去了,再转念一想,现在我娘已经安葬了,我该重新上班工作了。总而言之,什么也没变。

三

今天,办公室的工作很多。老板蛮和气的,他问我是否太累了,并很想知道我娘的年纪。由于怕记错,我便说:"六十来岁吧。"我不明白他为何摆出一副如释重负的样子,是认定一桩事情了断了吧。

我办公桌上堆着一沓子提单,都得由我一一分析处理。离开办公室去午餐时,我去洗了洗手。中午洗手,我喜欢;傍晚,不怎么爱去,因为公用的转动擦手巾完全湿了:公用一整天了嘛。有一天,我向老板提了意见,他回答说他备感遗憾,但毕竟小事一桩,不足挂齿。我中午十二点半才下班,晚了点儿,跟负责发送货物的埃马纽埃尔一起出门。办公楼面对大海，我们瞧了瞧火热太阳下港口的货轮，浪费了一点时间。坐下，一辆卡车向我们驰来，车上铁链子相互碰撞以及车身颠簸震天价响。埃马纽埃尔问我："咱们上吗？"我二话没说奔跑起来。卡车已经超过我们而去，我们紧跟急追。我湮没在噪音和尘埃之中，什么也看不见了，只觉得狂奔乱冲，绞车和机器狂乱的节奏，伴随天边的桅杆翩跹舞蹈，而我们则追随卡车承载式车身奔跑。我首先抓住车身，跳将上去，然后拉埃马纽埃尔上车坐下。我们喘得上气不接下气，卡车在码头高低不平的铺石路面上颠簸着，陷入尘土与阳光的包围中。埃马纽埃尔笑得喘不过气来。

我们到达塞莱斯特之家，已是汗水湿透全身。塞莱斯特始终亲自在场，挺着大肚皮，系着长围裙，小胡子雪白。他问我："还行吧。"我说还行，说我饿了。我很快吃完，喝了咖啡。然后我回到家，睡了一会儿，因为酒喝多了。一觉醒来，特想抽烟，但晚了，赶紧跑去乘有轨电车。我整整干了一下午。办公室很热。傍晚，我下班出来，很快乐，慢悠悠沿着码头走回家。天空绿绿的，我感到称心如意。即便如此，我还是径直回了家，因为我很想给自己煮点土豆吃。

上楼时，因楼道昏暗，我撞着萨拉马诺老头儿，与我同楼层的邻居，他带着狗，我眼见他与狗一起生活有八年了。这条长毛垂耳的狗有皮肤病，我想，叫丹毒①吧。这病几乎使它的毛脱得光光的了，浑身红斑和褐痂。萨拉马诺老头儿跟它生活在一起，一间小房间里只有他们俩，末了，老头儿跟他的狗长得一个模样儿啦。老头儿脸上也长了些淡红色的痂，汗毛发黄而稀少。至于狗，它，从自己的主人身上学到一种驼背的步伐，吻部往前伸，脖子绷得紧紧的。他俩看上去像同种同族，但互相憎恨。每日两次，上午十一点，傍晚六点，老头儿牵着他的狗散步。八年来，他俩从未改变过路线。人们准能看见他俩沿里昂街行走，狗引导人，直到萨拉马诺绊着打了个趔趄。于是，他又打又骂，这狗却吓得趴下，乖乖让他拖走。这种时候，是老头儿牵着狗走。事情一过，狗就忘了，又是狗牵引主子；接着再一次挨打受骂。就

---

① 丹毒是由溶血性链球菌侵入皮肤小淋巴管引起的，发病部位最常见面部和小腿，会引起发烧和疼痛。

陌路人 | 027

这样，他俩待在人行道上，你瞪我，我瞅你，狗害怕人发狠。狗若是要撒尿，老头儿偏不给足时间就拖它走，这条西班牙种猎犬，淅淅沥沥撒个不停，身后留下一条小尿滴。倘若这狗偶然尿在家里，那还是挨一顿打呗。就这样持续了八年哪。塞莱斯特总说："真造孽！"其实，谁也摸不着底细。我当时在楼道上碰到萨拉马诺，他正在辱骂他的狗，骂道："下作胚，烂东西！"那狗哼哼唧唧。"晚上好！"我向他问好，他没搭理，继续辱骂他的狗。于是我问他这狗怎么得罪他了，他还是没回答我，仍一味骂道："下作坯，烂东西！"但见他弯着腰正摆弄狗颈上的套圈。我便提高嗓门儿，他这才回答，连身子也没转过来，憋着一肚子怒火说："看它这副德行，还活着呢！"说罢，便牵着它走了，这畜生乖乖地被拖着爬行，一边呻吟，叫苦不迭。

恰巧此时，进来与我同楼层的第二个邻居。街区里有人说他靠女人为生。若有人问他的职业，他却说："仓库管理员。"通常他不大讨人喜欢。但他经常跟我搭讪，时不时来我家坐一会儿，因为我蛮愿意听他说话，觉得他说的事有趣儿。况且，我没任何理由不同他说话。他叫雷蒙·森泰斯。矮个，宽肩，拳击手的鼻子。穿着得体。他和我说起萨拉马诺："造孽呀，没说的。"他问我是否对老头感到厌恶，我回答不厌恶。

我们一起上楼，我即将跟他告别时，他对我说："我家有血肠和葡萄酒，愿意跟我一起吃点儿吗？……"我心想不用自个儿做饭，便同意了。他也只有一间屋，加一个无窗厨房。床头上方有个白色和桃红相间的仿大理石塑像，有几张冠军照片和两三张裸体女人图片。房间很脏，床未整理。他先把煤油灯点着，然后从口袋掏出一卷脏兮兮的绷带，把自己右手包扎好，我问他出什么事儿啦。他对我说他跟一个人干了一仗，这家伙跟他无事生非呗。

"您是明白人，默尔索先生，"他对我说，"不是我为人不善，但我是个火暴性子。那家伙，他冲着我说：'你若是条汉子，就从有轨电车下来。'我回答他说：'别扯淡，甭惹我。'他对我说我不是一条汉子。我二话没说就下了车。我对他说：'够了，就这么了事吧，要不然捣你个烂熟。'他回答我说：'凭什么呢？'于是我狠揍了他一拳。他倒下了。我呢，我正要扶他起来，他却从地上连连踢了我几脚。于是，我用膝盖扎了他一下，然后踩了他两脚，踩得他满脸流血，爬不起来了。我问他是否受够了，他回答我说：'受够了。'"森泰斯跟我说话的当口儿，把绷带打理好了。我坐在床上。他对我说："您听明白了吧，不是我找茬儿打架，是他冒犯我呀。"确实如此，我认同。于是，他向我表明恰好有件事要我出个主意，因为我，堂堂一个男子汉，对生活是有见识的，能帮得了他，以后他便是我的伙伴了。我什么也没说，他又追问我是否愿意做他的伙伴。我说无所谓，他好像满意了。他取出血肠，放入平底锅里煮，随后摆上玻璃杯、盘子、刀叉，还有两瓶葡萄酒。他默默地操持这一切。然后我们入坐。他一边吃一边开始给我讲他的故事。起先有点犹豫。他说："我结识一位太太……说透了，是我情妇。"那个跟他打架的男人是这个女人的兄弟。他对我说，情妇由他供养，我压根儿没接茬儿，好在他马上继续说下去，他知道街坊议论些什么，不过，他问心无愧，自己本来就是仓库保管员嘛。

"现在终于要讲我的故事了,"他对我说,"我发觉其中有猫腻。"他给她的钱正好够过日子,他亲自为她付房钱,给她每天二十法郎伙食费。"这样便是三百法郎房租,六百法郎伙食,时不时外加一双长袜,总共一千法郎。她硬要摆太太派头,不工作,常对我说手头紧,说我给她的钱不够开销。为此,我常对她说:'为什么你不工作半天呢? 你自己打理小开销,减轻我的负担嘛。这个月我给你买了成套服装,给你每天二十法郎,替你付了房租,你呢,每天下午跟你的女友们喝咖啡,你还送给她们咖啡和方糖。这些都是我给你的钱哪。我如此善待你,而你呢,对我辜恩背义啊。'但她就是不工作,总说入不敷出,就这样让我发现了其中有诈。"

接下来,他给我讲述,他曾在她的手提包发现一张彩票,她无法向他解释怎么买到手的。晚些时候,他在她家发现一张当铺"须知",证明她当了两只手镯。至此,他根本不知道她有手镯。"我总算看清确实有诈。于是,我甩了她,但先揍了她。然后当面揭露她的实情。我对她说她所想要的一切,就是拿她那玩艺儿寻欢作乐呗。默尔索先生,您是明白人,懂得我对她说的话,我说:'你不明白街坊们都眼红我给你的幸福,你以后总会明白你曾经得到过的幸福。'"

他把她打出血了。此前,他不打她。"我打过她,但可以说轻手轻脚的。她稍为嚷嚷,我就关上百叶窗,一次次都这么了结。这次,当真了。我呀,还没整够她呢。"

他向我解释这些,为的是他需要讨个主意。当下他停下话头儿,去剪掉冒青烟的灯芯。我呢,始终听着。我几乎喝下一升葡萄酒,感到太阳穴乎乎热。我一支支抽雷蒙的香烟,因为我自己身上没有烟了。最后一班有轨电车经过,带走了喧嚣,后者已然远离了城关。雷蒙继续往下讲,使他烦恼的,"倒是他对这娘儿们的性还情有独钟"。但他决意惩罚她。他首先想到把她带到一家旅店,完事后把"风化警察"叫来,制造一起丑闻,把她弄到局子里去备案。然后,他说,问过自己圈子里的一些朋友,他们毫无办法。不过雷蒙向我指出，混圈子还是很值得的。这回他把事情跟朋友们说了，他们建议他给她"留个伤痕"。但这不是他想要的。他再考虑考虑吧。不过在决定前他很想请我办点事儿。况且，在向我提出前，他很想知道我对这档子事儿有何想法。我回答说没有任何想法，不过很有意思。他问我是否认为这事儿有诈，我蛮觉得其中有诈；又问我是否觉得应该惩罚她，以及要是我处在他的位置上我会怎么做，我对他说，那是根本不可能知道的，但我理解他决意惩罚她。我又喝了一点儿酒。他自己点燃一支烟，他向我暴露出他的想法了。他决意给她写信，"狠狠践踏几下，同时说些巧语叫她后悔"。之后，要是她来了，我就跟她睡觉，"等办完好事"，就啐她一脸口水，再把她赶出门外。我觉得，确实，用这个法子，她是被惩罚了。但，雷蒙对我说，他觉得自己没能耐写这样一封信，他想到了我，请我代为起草。由于我一声未吭，他便问让我马上代笔会不会让我为难，我回答说不会。

雷蒙喝完一杯酒后站起身来，把盘子和我们吃剩的凉血肠推开。他仔细擦干净铺桌的漆布，从床头柜抽屉取出一张方格纸，一个黄信封，一支红色木杆蘸水笔和一正方瓶紫墨水。他跟我说那女人姓氏时，我便看出她是个摩尔人。我把信写完了，写得有点儿随意，但我尽力满足了雷蒙，因为我没有理由不使他满意。然后我高声朗读信件。他听着，一边抽烟，一边点头，然后叫我再读一遍。他心满意足了。他对我说："我早知道你对生活很有见识。"我开头没注意他以"你"称呼我，等他向我宣称"现在你是个真正的伙伴"，我这才注意到，但使我惊讶。他见我没有反应，又重复说了一遍，我这才说"是的"，对我来说，是不是他的伙伴，无所谓，而他看样子真想跟我结为伙伴。他把信封上，我们把葡萄酒喝完。然后我们又抽着烟待了一会儿，相对无言。屋外一片安静，只听得一辆汽车滑行似的驶过。我说："天色晚了。"雷蒙也这么想的。他指出时间过得真快，在某种意义上说，确实如此。我发困了，难以起身。想必我的样子很疲乏，因为雷蒙对我说不该放任自流。开始我不明白。于是，雷蒙给我解释：他听说我娘死了，但这是或早或晚必定发生的事。这倒也是我的见解。

我站立起来，雷蒙紧紧握着我的手说，男人之间，彼此心照不宣。我走出他家时，顺手把门关上，站在黑暗的楼道上待了一会儿。楼内很安静，从楼梯井深处升起一股说不清的潮气。我只听得血液在自己耳际嗡嗡鼓噪。我站着一动也不动，却听见萨拉马诺老头儿屋子里他那条狗低沉哼哼。

四

我卖力工作整整一星期。雷蒙来过，对我说他把信发出去了。我带埃马纽埃尔去过两次电影院，但他始终没搞明白银幕上演些什么。我得给他一一解释。昨天，星期六，玛丽来了，正如我们约定的。我对她产生强烈的性欲，这不，她穿了一件漂亮的红白相间的条纹连衣裙，脚踏一双皮凉鞋。能瞥见她那对坚实的乳房，她的脸被太阳晒成棕色。我们乘公共汽车去了离阿尔及尔几公里的一处海滩，它被紧紧包围在层层峭壁中间，沿着大地边缘长满芦苇。下午四点的太阳不太火热了，海水则是温热的，懒洋洋的微波，滚滚的长长

陌路人 | 035

细浪。玛丽教了我一种游戏：游水的时候，张嘴含着浪尖的泡沫，累积一整口，然后翻身躺在水面上，朝天喷将出去。这样便形成一条泡沫蕾丝花边，或消失在空中，或像温雨似的回落到脸上。但玩了一阵以后，我嘴里被海水的苦咸烧得难受。于是玛丽来我身边，在水里紧紧贴着我。她把嘴紧对我的嘴，她用舌头舔净我的双唇咸涩，使我备感凉爽，然后我们俩在波涛里翻滚了一阵子。

我们在海滩上穿衣服的时候，玛丽目光炯炯望着我。我拥吻了她。从此刻起，我们不再说话。我搂着她急忙找一辆公共汽车，急忙回家，急忙到我家，急忙一起倒在床上。我让窗户敞开着，感受夏夜的气息在我们棕色的肉体上飘过，惬意极了。

早上，玛丽留了下来，我对她说我们一起吃午饭。我下楼去买些牛肉。回楼上时，听见雷蒙屋里有女人声音。一会儿又听见萨拉马诺老头儿在骂狗，我们听得见木制楼梯上的鞋底声和爪子声，然后又是骂声："下作坯，烂东西。"我对玛丽讲述老头儿的故事，她直笑。她穿我的睡衣，把袖子卷起来。她一开口笑,我就对她产生欲望。片刻后,她问我是否爱她。我回答她说,问题本身毫无意义,但我还是说:"我觉得不爱。"她看上去挺心酸的。但在准备午饭的时候,碰到一点小事儿,她也会笑的,我于是又上前拥吻她。就在此时,雷蒙家爆发了吵架喧闹声。

先听得女人的尖叫声,然后是雷蒙在说话:"你冒犯我了。我来教你冒犯我。"接着几下沉闷的击打声,女人尖叫起来,叫得那么骇人,楼道里立刻挤满人了。玛丽和我,我们出门了。女人还在尖叫,雷蒙还在毒打。玛丽要我去找警察,我对她说我不喜欢警察。不过,三楼的房客铅管工带来一个人。此人敲门,屋里鸦雀无声。他敲得更加用力,过了一会儿,里边有女人哭泣,雷蒙这才开门。他嘴上叼一支香烟,虚情假意的样子。女人突然冲到门口,向警察告状雷蒙打了她。警察问她:"你姓什么?"雷蒙替她回答。"你跟我说话,把烟从嘴上摘掉。"警察说。雷蒙犹豫了,瞧了瞧我,又吸上一口。当下,警察一个大耳光飞快扇过去,结结实实打个正着,把香烟扇到了几米远。雷蒙脸色突变,但没有马上说什么，然后卑躬屈节地向警察请求他是否可以把烟头捡起来。警察宣称可以，但加添道："下回，你得记住警察可不是布袋木偶。"在此期间，女人一直在哭，不断重复："你打我，他是个拉皮条的。"于是雷蒙发问："警察先生，说男人是个拉皮条的，这一条在法律上有吗？"他说完，转向那小娘们儿，对她说："你等着，小娘们儿，咱俩还会见面的。"警察命令他住嘴，让小娘们儿走人，叫雷蒙在屋里待着，等警察分局传唤。他补充道，雷蒙这人不知羞耻，醉得全身发抖，看他那样子。雷蒙听后辩解道："我没喝醉，警察先生，只不过，我在您跟前吓得发抖，这是必然的呀。"他说罢，关上房门，大伙儿散去。玛丽和我已准备好午饭，但她不饿，我几乎全吃了。玛丽一点钟离开，我便睡了一会儿。

三点钟有人敲门，推进门来的是雷蒙。我待在床上，他在我床沿坐下。他待了一会儿没说话，我问他事情进行得怎么样啦。他给我讲述他做了他想做的事情，但先是她打了他一记耳光，于是他揍了她。其余我都看见了。我对他说我觉得她现在得到惩罚了,他该高兴了吧。他也是这么想的,他提醒我说,警察干预也白搭,那女人反正挨了毒打。他补充道他把这帮警察摸透了,他知道怎么对付他们。接着他问我是否当时等着他回敬警察耳光,我回答说什么也没等待,再说我从来不喜欢警察。雷蒙听了似乎蛮高兴的。于是他问我是否愿意跟他一起出去玩玩。我便起身,开始梳头时,他对我说不得不请我替他作证。我无所谓,但我不知道该说些什么。按雷蒙的意思,只需宣称那小娘们儿冒犯了他就行。我同意为他作证。

我们上了街,雷蒙请我喝了一杯白兰地。然后他要打一盘弹子球,我就输了一点儿。然后,他提出去逛妓院,我说不,因为我不喜欢。于是我们慢慢走回家,他对我说他多么高兴总算成功惩罚了他的情妇。我觉得他对我很体贴,心想这是一段愉快的时光。

我老远就瞥见萨拉马诺老头儿站在大门口,失魂落魄的样子。我们走近时,我发现他的狗不在跟前。他四处张望,转过来又转过去,试图突破走廊的昏暗,嘟哝着不连贯的词语，然后又睁着红红的小眼睛向街道搜寻。雷蒙问他发生了什么事儿，他没有马上回答。我隐约听到他喃喃自语："下作坯，烂东西。"又开始失魂落魄。我问他狗在哪里。他冷不丁回答说它跑了。然后一下子痛痛快快说出来："我跟往常一样带它去练兵场，赶集的售货棚四周挤满人，我站定看了看《逍遥国王》，想要走时，狗不在了。当然，我早就想给它买一个不那么大的颈圈，但我从来也不会想到这条烂东西就会这么溜走了。"

在这个当口儿，雷蒙向他解释，狗是会迷路的，但能迷途知返。他给老头儿列举了一些例子，有些狗跑丢几十公里还会重新找到主人。尽管如此，老头儿好像更加失魂落魄了，他说："但人家会把它抓走的，您是知道的呀。要是有人收养它，倒也罢了，但这不可能哪，它身上那些疮痂，谁见了都讨厌。警察会把它抓走的，没错吧！"于是我对他说他应该去失物认领处瞧瞧，只要付几个小钱，他们就会让他领回来的。他问我这手续费有多高。我说不知道。于是他就冒火了："为这条烂东西付钱，嗯，不如让它断气算了！"他又开始辱骂他的狗。雷蒙笑笑,钻进楼里。我跟在后面,我们上楼,在我们楼层互相告别。片刻后,我听得老头儿的脚步声,他敲响了我的房门。我打开门,他在门口待了一会儿,对我说:"请原谅,请原谅。"我请他进屋,他不肯。他直盯着自己的皮鞋尖儿,一双布满疮痂的手打着哆嗦。他没正面看着我,仍低着眼睛问道:"默尔索先生,他们不会把我的狗抢走吧。他们会把它还给我的吧,要不然,我如何活得下去呢?"我对他说,失物认领处把捡来的狗寄养三天,等待狗主人去认领,过后便随意处置了。他一声不吭瞧着我,然后对我说:"晚安。"他关上自己的房门,我听得见他在踱来踱去。他的床突然咔嚓一声,接着透过隔板墙传来古怪的微弱泣声,我马上明白,老头儿哭了。我不知道为什么想起我娘了。但我第二天还得早起。我没感到饿,没吃饭便睡觉了。

五

雷蒙趁我在办公时给我打电话,他对我说他跟一个朋友谈起过我，想邀请我去阿尔及尔附近那个朋友的木屋度周日。雷蒙马上向我宣称他也邀请我女友，说他朋友的妻子会非常高兴，正好在一群男子中间有个女子做伴嘛。

我真想马上把电话挂断，因为我知道老板不喜欢有人从本城给我们打电话。但雷蒙要我等一等再挂断，说本想在晚间向我转达这个邀请，但因为他很想向我预报别的事情：他整天被一小股阿拉伯人跟踪，这帮人中间就有他以前女姘头的兄弟："你今晚回家，假如发现咱们楼附近有什么动静，请提醒我一下。"我回答就这么说定了。

片刻后，老板传话叫我去，当时我就觉得烦心，因为我想他又要对我说少打电话，好好工作。但完全不是这码事。他向我宣布，他要跟我谈一个项目，尽管这个计划还没有眉目。他只不过想听听我对此事有何意见。他有意向到巴黎搞个办事处，就地处理他的商务，直接与大公司打交道。他很想知道我是否有意为之。这样我就可以在巴黎生活，每年还有一部分时间旅游。他说："您年纪轻轻，我觉得这样的生活应讨您喜欢的。"我说是的，但其实我也无所谓。于是他问我是不是没有兴趣改变一下生活。我回答说，人们从来改变不了生活，反正所有的生活都有本身的价值。而我在这里的生活丝毫没让我感到讨厌。他的神态很不高兴，说我老是答非所问，说我得过且过，不求上进，是经商之大忌。于是我就回去干活儿了。我本来很乐意不去得罪他，但我看不出改变生活的理由。前思后想，我不算不幸者吧。我大学时期有过这类雄心壮志，但我不得不抛弃学业后，我很快懂得所有这一切都没有现实的重要性。

晚上，玛丽来找我，问我是否乐意跟她结婚。我跟她说，我无所谓，但她要是有这个要求，我们便可以结婚。于是她想知道我是否爱她。我的回答与我曾经跟她说过的一样，这毫无意义，没准儿不爱她。"那为什么要娶我呢？"她问道。我向她解释，这一点儿也不重要，她要是很想结婚，我们可以结婚嘛。况且，是她提出结婚，而我，只限于说，好吧。于是，她提出结婚是件严肃的事情。我回答："不。"她沉默片刻，静静地瞧着我。然后她解释说，她只是想知道要是同样的建议来自另外一个女人，并且我对这个女人也有相同的依恋，我是否也会接受。我说："当然会喽。"于是她自问自己是否还爱我，而我，在这一点，却什么也不能知道。在另一阵沉默之后，她咕噜着说我是个怪人，她爱我大概因为这一点，但也许出于相同的原因，我会讨厌她。我沉默不语，既然无话可补充，她便微笑地挽着我的手臂宣告她想跟我结婚。我回答说她一旦定下时间，我们便结婚。此时，我给她讲了老板的提议，玛丽对我说她很乐意见识一下巴黎。我告诉她我曾在巴黎生活过一段时间，她问我感觉如何。我对她说："脏兮兮的，鸽子成群，院子昏暗。居民都是白皮肤。"

然后，我们散步，逛遍了全城的大街。妇女很漂亮，我问玛丽是否注意到。她对我说是的，说她明白我的意思。有一段时间，我们无话可说。不过，我希望她跟我在一起，我对她说我们可以在塞莱斯特之家共进晚餐。她很乐意，但她有事要做。我们走到我家附近，我对她说再见。她瞧着我说："你不想知道我要做什么吗？"我很想知道，但我没想到要问她，这就是她好像要责备我之处吧。不过，她看到我很尴尬的样子，又不禁笑了，她整个身子往我倾斜过来，把她的嘴向我伸过来。

我在塞莱斯特之家用餐。我已经开始吃饭时，进来一个很奇怪的小个儿女人，问我是否可以与我同桌用餐，当然可以。她手势用力而不连贯，炯炯有神的一对眼睛镶嵌在苹果般的小脸蛋儿上。她脱下女式紧身上衣，一坐下来便风风火火地看菜单。她唤来塞莱斯特，马上点了她要的所有菜肴，语气既清晰又急促。她等待头道冷盘时，打开手提包，掏出一小方块纸和一支铅笔，预先结算菜单，然后取出小钱袋，加上小费，把准确的餐费钱放在自己面前。当下，有人给她端上冷盘，她狼吞虎咽一扫光。在等待第二道菜时，她又从手提包中掏出一支蓝铅笔和一本杂志，其中刊载了本周广播节目。她把要听的节目一一打钩儿，非常仔细，几乎全打上记号。由于杂志有十二页左右，她在整个晚餐过程中一丝不苟地继续划来划去。然后她起身，穿上自己的紧身上衣，动作之麻利活像机器人，二话没说，离开饭店。由于我已无事可做，跟随了她一段路。她沿人行道边缘行走，步伐又快又稳，令人难以想象。她径直走，不偏斜，不回头。我的视线最终跟丢了，于是往回走。我心想这个女人挺古怪，但很快就把她丢之脑后。

我走到房门口，发现萨拉马诺老头儿在那儿。我请他进屋，他告诉我，他的狗丢了。这不，它不在失物招领处。那里的工作人员对他说，他的狗也许被轧死了。他问去警察分局是否能打听到，人家回答他说，这档子事儿是没有记录可寻的，因为每天都有发生。我对萨拉马诺老头儿说他蛮可以再搞一条狗嘛，但他提请我注意，他早已习惯这条狗了，他说得没错儿。

我上床蹲着，萨拉马诺在我桌旁一把椅子坐下。他正面对着我，双手搭在双膝上，头上仍戴着他那顶旧毡帽。他说话含糊，从发黄小胡子下的嘴里咕哝咕哝迸出碎句片语。他使我有点心烦，但我无事可做，也不困倦。为了说点儿什么，我问他有关狗的事情。他对我说他在妻子死后领养的，他相当晚才结婚。年轻时，他曾渴望搞戏剧：在军队歌舞团他上演过军事滑稽歌舞剧。退伍后编入铁道部门，他不懊悔，这不，现在他领一份小额退休金。他跟老婆相处得不幸福，但大致上跟她过得去，习惯了呗。她死后，他却感到非常孤单。于是，他向车间同事要了一条狗，当时领养的时候，它还是小不点儿，还得用奶瓶喂它呢。但由于狗比人短命，他们终于一起变老了。"它脾气可坏啦，"萨拉马诺说，"我们俩时不时争吵一通，但终归是条狗嘛。"我说它是一头良种，萨拉马诺听后喜笑颜开补充道："嘿！您还没见过它生病前的样子呢。它的毛是最漂亮的。"自从狗得了这种皮肤病，萨拉马诺每天晚上和早上都给它抹药膏。但按他的说法，它真正的疾病是衰老，而衰老是不治之症。

当下，我打了个哈欠，老头儿向我表示他要告辞了。我对他说他可以再待一会儿，我为他的狗发生的事感到难过；他连连谢我。他对我说我娘很喜欢他的狗。他说起我娘，称她为"您可怜的母亲"，猜想自我娘去世后，我必定很难过，我没有任何回应。于是他带着尴尬的神情，很急促地对我说，他知道街区有人对我有非议，因为我把自己的母亲送进老人收容所，但他知道我很爱母亲。我回答说，我还不知道为什么至今我并不知道街坊在这方面对我有非议,而我却觉得送老人收容所是很自然的事儿,既然我没有足够的钱雇人伺候我娘。我加添道:"况且她已经很久无话对我说,她独自一人闷得慌哪。"萨拉马诺说:"是呀,在老人收容所,至少找得到伙伴哪。"然后,他深表歉意而告辞,他要睡觉了。他的生活现在已经改变了,他不大清楚他将做些什么。自我认识他以来,第一次见他蹑手蹑脚过来向我伸出手,我跟他握手时感觉到他手上长的硬疮痂。他离开前微微笑着对我说:"我希望今夜听不到狗叫,否则我总以为是我的狗。"

六

星期天,我起床有困难,不得不由玛丽叫醒我,推醒我。我们没有吃早饭,因为很想趁早洗海水浴。我觉得肚子完全空的,头也有点儿晕。我抽烟觉得有苦味儿。玛丽讥笑我,因为她说我"哭丧着脸"。她穿上一件平纹布连衣裙,任凭头髻披散着。我对她说她很美,她乐得直笑。

下楼时,我们敲了雷蒙的房门。他回答说正要下楼呢。由于我很倦,也因为我们没有打开百叶窗,上了街才发现,已经是阳光普照,强烈的光芒刺激之下,犹如打了我一巴掌。玛丽快乐得直跳,不断地说天气好极了。我感觉身体好多了,却发觉饿了。我对玛丽说了我的状况,她则让我看她手提的漆布包,里面放了我们俩的游泳衣和一条浴巾。一切就绪,等着便是。我们听到雷蒙锁房门。他穿一条蓝色裤子和一件短袖白衬衫,头戴一顶扁平的狭边草帽,引得玛丽哈哈笑。他一双前臂雪白,却布满黑乎乎的汗毛,我见了有点儿恶心。他下楼时吹着口哨,非常高兴的样子。他对我说:"你好,老兄。"对玛丽则称"小姐"。

头天,雷蒙和我去了警察分局,我作证说那个小娘儿们"冒犯"了雷蒙。这样,他就解脱了,只受到一次警告处分。分局没有对我的证明进行核实。在大门前,我跟雷蒙聊了这件事儿,然后我们决定乘公共汽车。海滩不是很远,但乘车去比较快。雷蒙以为他的朋友看到我们早到会高兴的。

我们正出发的时候，雷蒙突然向我示意瞧那街对面。我看见一伙阿拉伯人背靠烟店橱窗站着。他们默默盯着我们，以他们的方式凝望我们，不多不少好像把我们视为石头或枯树。雷蒙对我说，左起第二个就是他的对头，他看上去有近忧远虑的样子。雷蒙补充道，不过，现在事情已经了结。玛丽听不大明白，问我们发生了什么。我对她说，正是这帮阿拉伯人跟雷蒙过不去。她要我们马上走。雷蒙挺起身子，笑着说是该赶紧走人。

我们向公共汽车站走去，还是有点儿远的，雷蒙告诉我，阿拉伯人没有尾随而来。我这才转身看了看，他们仍待在原来的地方。他们仍旧凝望着我们刚离开的地方，还是那么满不在乎的样子。我们乘上公共汽车。雷蒙显得如释重负，不断跟玛丽开玩笑。我觉得出他在讨她喜欢，但玛丽几乎没有回应他。时不时，她笑着瞧瞧他而已。

我们在阿尔及尔郊区下车。海滩离公共汽车站不远，但必须穿过俯临大海的小高地，由此便可沿坡下去海滩。高地布满暗黄的石头和阿福花，雪白的阿福花映衬着天空已经冷峻的蔚蓝。玛丽抡起漆布提包扑打花瓣闹着玩呢。我们走进住宅区：一排排小别墅，栅栏或绿或白，其中有几幢连同阳台隐没在柽柳丛中，还有几幢光秃秃裸露在乱石之中。走到高地边缘前，我们已经能看见平面镜似的大海，更远处是一处岬角，迷迷蒙蒙，厚厚实实，浸沉在清冽的海水中。一阵轻微的马达声升起，在宁静的空中，传到我们耳边。我们看见，远处，有一条小拖网渔船，在阳光灿烂的海面上，不知不觉向前行驶。玛丽采摘来几朵蓝蝴蝶花。我们从通往大海的斜坡朝下望去，看得见已经有几个来游泳的人了。

雷蒙的朋友居住在海滩尽头的一座小木屋。房屋背靠峭壁，前面架空房子的吊脚桩柱已经浸在海水里。雷蒙给我们互相介绍。他的朋友叫马松。他是个高大的家伙，腰圆膀宽；他的妻子则是小个儿，矮矮胖胖而和蔼可亲，操一口巴黎腔。马松立刻让我们随意放松，说请大家吃油炸鱼，是他今晨亲自捕捉的。我对他说，我觉得他的房子漂亮极了。他告诉我说，他周六、周日和所有的假日都来这里过。"跟我妻子，我们融洽相处。"他补充道。正巧，他的妻子与玛丽在一起乐呢。也许是第一次,我真想要结婚了。

马松想游泳了,他的妻子和雷蒙不想去。于是我仨下海,玛丽立即跳入水中。马松和我,我们待了一会儿。他说话慢悠悠,并且我注意到,他无论说到什么,总要先加一句"我更要说",即使对他的语句意思其实并没有任何补充。关于玛丽,他对我说:"玛丽好得很哪,我更要说,可爱呀。"之后,我不再注意他的语癖了,专心体验阳光好舒适哟。沙子开始在脚下发烫,我又推迟了一会儿我对水的欲望,但终于对马松说:"咱们下水?"我一头扎进水里,他却慢悠悠走进水中,直到站不稳才钻进水中。他游蛙式,游得相当差,我把他落在后面,自己去赶上玛丽。水凉凉的,我游得很开心。赶上玛丽,我们俩游得远远的,互相感到配合默契,无论动作姿态,还是称心受用,都融合得淋漓尽致。

到了外海开阔的海面上,我们仰泳,我转过身脸朝天,太阳把我脸上最后的薄薄水雾驱散,海水却在我嘴里流淌。我们看到马松回到海滩去躺着晒太阳。从远处望去,他酷似庞然大物。玛丽很想跟我合在一起游。于是我游在她后面捉住她的腰,她在前用双臂使劲划水,我在后面用双脚打水推助她。轻轻的脚打水声伴随了我们一上午,直到我觉得累了。于是我撒手放开玛丽,自个儿有板有眼往回游,掌握好呼吸。回到海滩,趴在马松身边,把脸贴进沙里。我对马松说:"真惬意!"他表示认同。过了一会儿,玛丽过来了,我翻过身子瞧她走近,她浑身黏滞着咸水,把长发系在脑后。她跟我并排紧挨着躺下,她的体温和阳光热度合在一起令我昏昏欲睡。

玛丽推了推我,对我说马松已经上山回家了,该吃午饭了。我马上起身,因为我饿了。但玛丽对我说今天一早上我还未吻过她呢。确实如此,但我是很想吻她的。"去水里吧!"她对我说。我们拔腿就跑,迎着最初的细浪摊手摊脚游起来。我们游了几下蛙泳,玛丽便紧贴我的身子。我感到她叉着双腿夹住我的双腿,我的性欲油然而生。

我们返回木屋时,马松已在喊我们了。我说我很饿,他马上对妻子宣示,他欢喜我直来直去。面包可口,我把自己的一份鱼狼吞虎咽一扫光,然后是牛肉和炸土豆。我们闷头

陌路人 | 053

吃着。马松时不时喝酒,也不断给我斟酒。喝咖啡时,我感到头胀,于是猛抽烟。马松、雷蒙和我,我们考虑八月来海滩度假,费用共担。玛丽突然对我们说:"你们知道现在几点吗? 十一点半哪!"我们都很惊异,但马松说,我们吃饭是很早,这很自然嘛,因为吃饭的时间就是我们饿的时候。我不知道为什么这话也引起了玛丽哈哈大笑。现在想起来她有点儿喝多了。于是马松问我是否跟他到海滩上走走,他说:"我老婆午饭后总睡午觉。我呢,不爱午睡。我必须走走。我总对她说,这对健康更有好处。但毕竟午睡是她的权利。"玛丽表示她留下帮马松太太刷洗餐具。矮胖的巴黎女子说,洗盘碟时,必须把男人们轰出门。于是,我们仨就下去了。

太阳几乎垂直照射在沙滩上,照在海上的光芒令我昏花朦胧。海滩空无一人,位于高地边缘俯临大海的那些木屋里传出盘碟刀叉的声响。石头的热气从地间冒上来,几乎叫人喘不上气来。起初,雷蒙和马松聊了一些我不了解的人与事。于是我明白他们俩认识由来已久,他们甚至一起生活过一段时间。我们向水面走去,然后沿海边散步。时不时,一波较长的细浪席卷过来打湿我们的布鞋。我什么也没想,因为我没戴帽子,太阳照得我混混沌沌。

此时,雷蒙向马松说了些什么,我没听见。但我同时瞥见海滩尽头,两个穿司炉工作服的阿拉伯人打老远处正朝我们走过来。我看了看雷蒙,他对我说:"正是他。"我们继续向前走。马松问他们怎么能跟踪我们到此地。我心想他没准儿看见我们乘公共汽车时拎着海滩提包吧,但我没吭声儿。

阿拉伯人慢慢向前走过来,已经很逼近我们了。我们没有停下动作,但雷蒙说:"若打起来,你,马松,你去对付第二个。我,自己收拾我的对手。你,默尔索,若有另一个上场,你去应对他。"我说:"好吧。"马松把两手伸进口袋。我觉得此时的沙子滚烫得烧红了似的。我们步伐一致朝阿拉伯人走去。我们跟他们的距离有条不紊地越缩越小。双方之间只隔了几步时,阿拉伯人停下了。 我和马松放慢了脚步。 雷蒙径直冲向那家伙。 我听不清他说了些什么,但那

陌路人 | 055

人似要给他迎头一击。雷蒙先发制人，并叫唤起马松。后者冲向先前指定的那人，使出浑身的气力给他来了两下。阿拉伯人应声倒在水里，脸贴着水底，就这样耽搁了几秒钟，水里冒出的气泡从头部浮到水面，在脑袋周围消失了。同时，雷蒙也在出击，打得对手满脸是血。雷蒙转身向我说："你去看看他在掏什么。"我冲他喊："当心，他拿一把刀！"话音未落，雷蒙的胳膊已被划破，嘴巴也挨了一刀，割出一道口子。

马松向前一跌，但另一个阿拉伯人已经站立起来，躲在持刀的那人后面。我们不敢动窝。他们慢慢后退，但不错眼地盯着我们，用刀威吓让我们保持距离。当他们看到自己离我们相当远时，拔腿就逃，而我们则仍在太阳底下原地犯傻，雷蒙紧紧抓住滴血不止的手臂。

马松即时说有位大夫来高地度周日。雷蒙很想马上去。但他一张口说话，受伤的嘴里就冒血泡。我跟马松扶着他，我们尽可能快地回到了木屋。此时，雷蒙说他的几处伤都是表面的，他能去大夫家。于是他跟马松一起去了，我留下来给女人们讲发生的事情。马松太太哭了，玛丽脸色煞白。我呢，给她们讲解叫我心烦意乱。临了，我就不说了，自己一边望着大海，一边抽烟。

一点半钟，雷蒙跟马松回来了。他手臂缠着绷带，嘴角贴着橡皮膏。大夫对他说不碍事，但雷蒙神色阴沉得很。马松设法跟他逗乐儿，但他仍旧一言不发。他说要下山去海滩，我问他去哪儿。他回答我想透透气。马松和我，都说我们陪他去，于是他发火了，对我们出言不逊。马松宣称那就不必使他不快了。但，我终究跟他去了。

我们在海滩上走了很久。此时太阳酷热，令人难熬，碎片似的金光遍洒在沙上和海上。我仿佛觉得他知道去哪儿，但我大概感觉有误吧。海滩尽头，我们到达时终于看见一眼泉水溅落在一大块石头后朝沙地流淌。我们在那儿找到两个阿拉伯对头。他们穿着油腻的蓝色司炉工作服和衣而卧。他们的模样非常平静，几乎高兴。我们来了，对他们没有丝毫惊动。那个打雷蒙的人瞧着雷蒙一声不吭。另一个在吹一截芦苇管，不断重复三个单音，那根芦苇管只吹得出三个单音。然后,雷蒙把手伸进口袋抓手枪,但对方没有动弹,他们一直互相眼瞪着眼。我注意到那吹管的脚趾叉得挺开的。但雷蒙一边眼睛盯着对手,一边问我:"我崩掉他?"我心想要是我说不,他自个儿就会冲动,势必开枪。我只是对他说:"他还没有开口呢,就这么开枪不光彩吧。"周围依然寂静、炎热,听得见水流汩汩和芦苇管吹奏声。于是雷蒙说:"那么我去骂他,要是他回嘴,我就崩掉他。"我回答:"对啦。但假如他不拔刀,你就不可以开枪。"雷蒙开始有点儿冲动了。那个吹芦苇管的仍在吹,但他们俩都在观察雷蒙的一举一动。我对雷蒙说:"不行,还是一对一,徒手格斗吧,把你的手枪给我。假如另一个介入或他掏出刀子,我来崩掉他。"

雷蒙把枪递给我时,阳光照在枪上闪了一下,然而,我们依旧纹丝不动,好像我们被禁锢住了。我们双方死盯对手,眼皮都不眨一下,大海沙滩与太阳之间,笛声和水声之外的双重寂静,这里一切皆停滞了。当下,我心想,开枪或不开枪,都可以的。但突然之间,阿拉伯人倒退着离开，他们俩溜到岩石背后去了。于是，雷蒙和我转身撤退。他，显得心情好多了，竟提起回城乘公共汽车来了。

我陪着他一直到了木屋，当他登上木梯时，我则在第一级台阶前止步了。我的脑袋被太阳晒得嗡嗡直响，又想到爬木梯台阶费劲，还要费神跟两位女子交谈，一时备感泄气。但天气又太热，从天空洒落下来的光雨令人目眩。待着不动窝，我是忍受不了的。待在这里抑或离开，是一码事儿。犹豫片刻，我便返回海滩，不由得走动起来。

这里是一派红红的支离破碎的阳光，原本呼吸从容的大海被憋得气喘吁吁，推着层层细浪滚向沙岸。我慢慢悠悠走向尽头山岩，觉得前额在阳光下膨胀起来。周边的灼热全部倾卸到我身上，阻挠我向前迈进。每次感到热浪扑到我脸上，我都咬紧牙关，捏紧插在裤兜里的拳头，紧绷着全身去战胜烈阳以及倾泻于我全身的浓密醉意。沙砾、发白的贝壳、玻璃碎片反射出的阳光像一把把利剑，每一道剑光都迫使我牙关抽缩。就这样，我走了好久好久。

我老远就看见一小堆黑乎乎的山岩，阳光和海尘在其周围罩上了一环光晕,令人目眩。我想到岩石后面清洌的泉水,特想再听听泉水汩汩,特想躲避太阳,特想逃避劳顿,特想远离女人的哭泣,特想再得到阴凉和休息。但,我走得更靠近时,却看见雷蒙的对头已经回来了。

他独自一人,躺着休息,双手枕在颈窝,前额隐在岩石阴影里,全身却在阳光下。他身穿的蓝色司炉工作服冒着热气。我有一点儿吃惊。对我而言,打架的事儿已经了结,我来这里压根儿没去想这事儿。

他一看到我,就欠起身子,把手插进衣兜里。我呢,自然而然捏紧上衣口袋里雷蒙的那把手枪。于是,再一次他朝天仰躺下,但手并没有从口袋里抽出来。我离他相当远,有十来米吧。我时不时揣摩着他半闭半启的眼皮底下闪闪的目光。但更多的时候,他的形象在我眼前火烧似的空气中跳舞。海浪的声音更加倦怠无力,比中午更加慵懒平缓。延伸至此的海滩上照耀着相同的太阳、相同的火焰。白昼停滞不前已经有两个小时,两个小时前白昼就把锚抛入沸滚的金属海洋中,远在天边,一艘小汽船驶过,我是通过视线边缘出现的黑点揣摩出来的，因为我紧盯着阿拉伯人。

我心想只要一转身，事情就了结了。但被太阳洒得颤颤巍巍的整个海滩推搡着我的后背，逼迫我往泉水走了几步。阿拉伯人没有动静。不管怎样，他还在相当远的地方。或许因为他脸上闪着阴影吧，仿佛笑嘻嘻的。我等候着他的动静。太阳把我的脸颊晒得烫烫的，我感到汗水一滴滴积聚在双眉上。这太阳与我安葬我娘那天一模一样，跟那天相同，我的额头疼得尤其厉害，所有的血管在头皮下齐头并进跳动。这种灼热令我再也不能忍受，迫使我向前迈了一步。我心里明知这是愚蠢的，因为挪动一步，也避不了阳光哪。但我迈出了一步。 向前仅仅迈出一步。这一次，阿拉伯人尚未起身就掏出他的刀子，在阳光下对准了我。刀刃喷射的光就像一把长长的剑熠熠生辉，光芒直逼我的脑门儿。当下积聚在我双眉的汗珠一下子滑落到眼皮上，便蒙起一层温热而稠糊的水幕。于是我的双眼被含盐的汗水蒙住了，只感觉得到扣在我脑门儿上的阳光铙钹，模模糊糊觉得那把刀闪眼的锋芒始终正对着我。炙热的利剑锋芒侵蚀我的睫毛，搜索我疼痛的双眼。此刻一切天旋地转起来。大海顺流冲走一股浓重而灼热的气息。我仿佛看见天门洞开，天火倾盆。我全身心紧绷，战战兢兢握住手枪。我扣动了扳机，摸了摸光滑的枪托，就一刹那，在既干巴又震耳的响声中，一切开始了。我抖搂汗水和阳光。心知肚明自己打破了是日的平衡，打破了海滩异乎寻常的平静，在这里我曾一度很快活。于是我对准那具毫无生气的尸体又打了四枪，子弹全部进入尸体，却不见动静：这四枪好比我向苦难之门叩了急促的四下。

第二部分

一

我被捕之后马上被审讯了好几次，但都是有关身份的审讯，时间持续不长。第一次在警察分局，我的案件好像谁也不感兴趣。一周后，预审法官，与别人相反，好奇地注视我。但开始也只问我的姓氏和地址、我的职业、我的出生日期和地点。然后他想知道我是否选择了一位律师。我承认没有，并请问他是否必须找律师。"为什么这么问？"他问道。我回答，我觉得自己的案子非常简单。他微微笑着说："算是一种见解吧。不过，法律是明摆着的。如果您不选择律师，我们便给您由法庭指定的律师。"我觉得司法部门承担这些鸡毛蒜皮的事儿，倒是非常方便。我把这个想法对他说了。他赞同我的想法，并下结论说法律是很完美的。

起初，我没有重视他。他接待我是在一间拉上窗帘的房间里，办公桌上方只有一盏灯，照着他让我坐下的那把椅子，而他自己待在阴影中。我早已在一些书本上读到类似情境描述，这一切在我看来是一场游戏。在我们说话之后，我看清楚他眉清目秀，凹陷的蓝色眼睛，高高的个儿，灰色八字胡，浓密的头发几乎全白了。我觉得他很讲道理，反正挺和善的，尽管脸上时不时神经性抽搐，牵动他的嘴巴。走出办公室时，我甚至要伸手过去跟他握一下，但及时记起我杀了一个人。

翌日，一位律师来监狱探访我。他，矮个儿圆胖，年纪轻轻，头发服服帖帖贴着头皮。尽管炎热（我已脱去上装），他依然穿深色套装，衬衣领子熨得硬硬的，领带古古怪怪的，是黑白相间粗条纹。他把夹在胳肢窝的公文包搁在我床上，作了自我介绍，对我说他研究了我的案卷：我的案子蛮棘手的，但我倘若信任他，他肯定能胜诉。我谢了他：

"哪，咱们谈谈问题的要害吧。"

他在床上坐下对我解释：他们已经打听了我的私生活，得知我母亲最近在老人收容所去世，于是去马兰戈做了一次调查。预审推事们获悉我娘安葬的那天"我表现得麻木不仁"。律师对我说："请见谅，我有点不好意思问您这事儿。但这很重要嘛。假如我无言以对，那将是起诉您的一个重大论据。"律师定要我协助他。他问我那天是否伤心。这个问题使我莫名惊诧。我觉得若是必须提出这个问题，那会很不自在。不过，我回答我有点不习惯自审，很难当面奉告。没准儿，我很爱老娘，但丝毫说明不了什么呀，所有健康的人都或多或少期盼过自己心爱的人会死的嘛。我说到这里，律师打断我的话头儿，显得非常急躁。他让我发誓在法庭上决不要说此话，在预审法官跟前也不能说，然而我还是向他解释，说我有个天性，那就是我的生理需要经常干扰我的情感。我参加安葬我娘那天，我非常疲乏，而且发困，以至于我没有领会所发生的事情。我可以有把握说的是，我更乐意我娘没有死。但律师并未显得满意，他对我说："这样说是不够的。"

他思考过后问我,他是否可以说那天我控制住了天生入情入理的感情。我对他说:"不,因为这是假话。"他以一种非常古怪的方式望着我,好像我使他有点儿厌恶了。他几乎恶狠狠对我说,老年收容所所长以及工作人员反正会出庭作证的,那就可能使我"吃大亏了"。我反倒提请他注意,安葬的事儿与我犯案毫不相干,而他只回答我说,很明显我与司法从未有过干系。

他气鼓鼓的样子走了。我真想把他留住,向他解释我渴望他的同情,并非为了得到更好的辩护,当然,如果我可以这么说的话。更有甚者,我发现我使他感到拘束了。他不理解我,有点怨恨我。我真想向他表明我跟大家一样,绝对跟大家一样嘛。但,讲这一切,实际上没有多大用处了,而且懒得去拒绝承认了。

不久后,我再次被带到预审法官面前。那时是下午二点,这次,他的办公室非常明亮,光线仅由一层纱帘在窗口遮挡。天气很热。他让我坐下,非常谦恭地向我宣告,我的律师"由于意外情况"不能来了。但我有权不回答他的问题，等候我的律师加入之后再回答。我说能自个儿回答。他用手指摁了一下桌子上的按钮。一个年轻的记录员进来，差不多就在我背后坐下。

我们俩正襟危坐在各自的扶手椅上。讯问开始。他首先对我说，有人把我描绘成为生性不爱说话又不露声色，他想知道我对此有何想法。我回答道："这是因为我从来没啥可说的，于是我就不说话。"他像第一次见面那样微微一笑，承认这是最好的理由，加添道："再说啦，这事儿一点也不重要。"他不吭声了，盯着我，然后相当猛然地挺起身子，急速对我说："我感兴趣的，是您。"我不大懂他究竟指什么，我就未作任何回应。他补充道："您的行为举止中，有些事儿让我不明不白。我确信您会帮我弄明白的。"我说所有的事儿都非常简单。他催促我向他重新描述一遍那天的事儿。我把已经给他讲过的重新向他讲了一遍：雷蒙、海滩、沐浴、吵架、再海滩、小眼泉水、太阳和手枪打出五发子弹。我说一句话，他都应一声："好的，好的。"当我说到躺

陌路人 | 067

着的躯体时,他赞许说:"不错。"我呢,厌烦如此重复同一个故事,觉得自己从来没有说过那么多的话。

预审法官沉默片刻后,站起身对我说他决意帮我,说我使他感兴趣,凭着上帝的帮助,他能帮帮我的。但在这之前,他定要再向我提几个问题。他劈头就问我爱不爱我娘。我说:"爱呀,像大家一样呗!"书记员一直有板有眼地操作打字机,大概错按了键子,这不,他慌乱起来,不得不退回去重打。于是他问我,始终没有明显的逻辑关系,是否连续开了五枪。我思索后确认,我先开了一枪,几秒钟后,连开四枪。于是他问:"为什么您在开第一枪与第二枪之间等待了一下呢?"我仿佛再一次重见火红火红的海滩,再一次感到脑门儿上火辣辣的阳光。但这一次,我不作任何回答。在接下来的沉默中,预审法官显得焦躁不安。他坐下后,搔乱了头发,胳膊肘支在办公桌上,稍微向我俯身过来,神色怪怪地问我:"为什么? 为什么您还向倒毙在地的人开枪呢?"还是这个问题,我不知道如何回答。预审法官双手捧着脑门儿,重复他的问题,声音都有点儿变样了:"为什么?

您必须告诉我。为什么?"我始终一声不吭。

他猛然站起身,大步走向办公室尽头的档案柜,打开一个抽屉。从中取出一个银十字架,回身向我走来,一边晃动十字架。他的声音整个儿变了,几乎颤抖了,大声嚷嚷,竟问:"这个,您认得吗?"我说:"认得,当然认得。"于是,他急促地说,他,信仰上帝,语气满怀激情,并说他的信念是,任何人罪孽再深重也不会得不到上帝宽恕,但他必须为此忏悔,变成儿童般具有空灵的心灵,随时准备接受天意。他的上身俯在桌上,向我倾斜过来,几乎在我头顶上挥动十字架。说实话,我很难跟得上他的推论,首先因为我热,还因为办公室里有几只大苍蝇死叮我的脸,也因为他让我有点儿害怕。同时,我承认这有点可笑,罪人反正是我。他还继续往下讲。我大致明白了,按他的见解,我的供认只有一点模糊不清。那就是我等了一下才开第二枪。至于其余,一清二楚,但就是这档子事儿,他弄不明白。

我正要对他说,他这么固执是不对的,因为最后这个事儿没有那么重要嘛。但他打断了我的话头儿,给我最后一次劝告，笔挺着身子问我是否相信上帝。我回话儿说不。他义愤难平地坐下，对我说这不可能，所有的人都信仰上帝，甚至那些背离上帝的人们。那是他自个儿的信念，他要是一旦产生怀疑，他的生命就不再有意义了。他惊呼道："难道您想要我的生命失去意义吗？"窃以为，这与本人无关。我把此话当面跟他讲了。但他已经隔着桌子把基督受难雕像伸到我眼底下，不理智地嚷道："我，我是基督徒。我为你的过错请求基督宽恕。你怎么能不信基督也是为你受了难的呢？"我很高兴注意到他以"你"称呼我了，但我受够了。屋里越来越热。一如往常，每当我很想摆脱不中听的话，就做出赞成的样子。出乎我意料，他洋洋得意地对我说："你瞧，你瞧，你这不是也相信上帝啦？你不是也要向基督吐露隐情啦？"我再一次说不，理所当然。他一屁股倒在扶手椅里。

他看上去很累，默默无言一阵子，此时打字机还没有停止记录对话，还继续打着最后几句话。预审法官专心注视着我，面带一点儿沮丧，低声埋怨道："我从未见过像您这般怙恶不悛的灵魂。来到我跟前的罪犯，每当看到基督受苦受难的形象，总是痛哭流涕的。"我即将回答恰恰因为他指的是罪犯嘛，但转念一想，我也跟他们一样。但我不认同我也是罪犯这一想法。不过，预审法官已经起身，好像在向我表示审讯已告结束。他看上去还有点儿倦怠，只是问我是否对自己的行为感到悔恨，我思考了一下说，与其说真正的悔恨，不如说我体验到某种厌倦。我仿佛觉得他没有懂我的意思。不过，那天的事情并没有取得进展。

后来，我经常见到预审法官，只是每次我都由律师陪伴着。他们只限于让我对我先前陈述的某些情况确认一下，抑或预审法官跟我的律师争论控告罪名。实际上，在这样的时刻，他们从来不管我。渐而渐之，不管怎样，审讯调子变了，好像预审法官对我不再感兴趣了，好像几乎把我的案子归档了。他不再跟我谈论上帝，我也再未见到他像第一天那样激动。结果，我们的交谈反倒变得比较热忱。几个问题，跟我的律师稍微交谈一下，讯问就结束了。我的案子按预审法官的说法正走流程呐。也有几次一般性质的交谈，他们还让我参加呐。我开始感到轻松了,这几个小时,没有人对我凶狠。一切那么自然,按部就班,有分寸地运转,以至于我有了种可笑的感觉,仿佛成了"大家庭的一员"。这样的预审延续十一个月,可以说,我顿感惊异的是,寥寥数次使我愉悦的竟是预审法官送我走出他办公室门口时,一边拍着我的肩膀,一边热忱地对我说:"今天完事了,反基督先生。"然后把我交到法警手中。

二

有些事情我一直不喜欢讲。我进了监狱,几天之后便明白将来我不乐意谈起这一段生活。

后来,我不再觉得这些抵触有必要了。事实上,最初的日子我并没有真正坐牢:我隐隐约约等待某个新事件。只是在玛丽第一次也是仅有的一次来探访我之后,才是真正坐牢了。那天收到她的信,通知我她不再被允许来探望我了,因为她不是我的妻子。从这天起,我体会到我的单人牢房便是我的家，我的生活就在这里扎根了。我被捕那天，人家先把我关在已有好几个犯人的房间里，大部分是阿拉伯人。他们见了我，个个喜笑颜开，问我犯了什么事儿。我说我杀了个阿拉伯人，他们便默不作声了。但过了一会儿，夜晚降临，他们向我解释应该怎么打理睡觉的席子。把席子一头卷起来，可以充当长枕头。整整一夜，臭虫在我脸上爬行。几天之后，人家把我隔离在一间单人牢房里，让我睡在一块木板上。我还有一个小小的便桶和一个铁脸盆。监狱建在本城高处，我可以透过小窗户看见大海。一天，我抓住窗口的铁栅栏，脸朝日光，正好一个看守进来，对我说，有人来探望我。我心想准是玛丽，果然是她。

我跟着看守去探监室，穿过一条长长的走廊，上一个阶梯之后再穿过一条走廊到达尽头，这才进入一间大厅，光线由一个宽大的门窗洞射进来，厅内很明亮。两道大铁栅栏横着把大厅隔成三部分，在两道栅栏之间有八至十米的空间，把探监者与囚犯分隔开。我瞥见玛丽在我正对面，她身穿条纹布连衣裙，脸晒得黝黑。在我这边，有十来个囚犯，大多是阿拉伯人,玛丽身边围着尽是摩尔女人,处在两个探监女人之间:一边是矮个儿老太婆,嘴唇紧闭,穿一身黑服;另一边一个胖女人没戴头巾,说话声音很响,比划着手势。由于栅栏之间隔得很开,探监者和囚犯不得不非常大声说话。我踏入大厅时,只听得说话声波撞上大厅光秃秃的四面大墙壁而嗡嗡回荡,但见强烈的光线从天空四射到一扇扇玻璃窗而反射到大厅里,前者使我耳鸣头昏,后者使我眼花缭乱。我的单人牢房更为安静、更为阴暗。我不得不用了几秒钟才适应下来。好在我终于看清楚零散在强光中的每张面孔。我观测到一个看守坐在两排栅栏之间的走廊尽头。大部分阿拉伯囚犯与他们的家属都是面对面蹲着的。这帮人倒不大声嚷嚷。尽管声音嘈杂,他们低声说话彼此还能听得清楚。他们沉闷的悄悄说话声,从底处往上冒,融入他们头顶上方纵横交错的喊话声浪中,仿佛形成一种绵延的低音部。这一切,我向玛丽走过去时便很快注意到了。当下,她早已紧贴在铁栅栏上,使劲儿朝我微笑。我觉得她非常美丽,但不知道怎么向她表达。

"怎么啦?"她问我,声音很大。

"嗨,就这么呗!"

"身体好吗? 你需要的一切都有吗?"

"好哇,都有的。"

我们一时无言,但玛丽一直在微笑。那个胖女人向我旁边的人喊叫着说话,大概是她丈夫吧,此人个儿高大,头发金黄,目光率真。他们的交谈已经开始,我听到的是后续片段。

"让娜坚决不要他了。"那女人拼命喊道。

"是啊,是啊。"那男人哼哼。

"我对让娜说了,你出狱后会再雇用他的,但她硬是不肯要他。"

玛丽也从她那边喊道,雷蒙向我问好。我说:"谢谢。"但她的声音被我旁边的男子一声"他近来可好"淹没了。他的妻子笑着说:"他的身体从来没有这么好过。"我左边是个矮个子年轻人,双手纤细,一声不吭。我注意到他对面是个小老太婆,两人四眼相对,目光尖利。但我没有更多时间观

察他们,因为玛丽向我高声喊话:

"必须抱有希望。"

"对!"我回应道。

与此同时,我凝视着她,禁不住想用双手碰她的连衣裙,搂抱她的肩膀,渴望摸一摸她身上细柔的衣料,因为根本不知道除此之外还应该希望什么。但这一点很有可能就是玛丽想要说的,因为她始终微笑着。而我,只注意她的牙齿亮光光以及她眼睛的小皱纹。她再一次喊道:

"你会出来的,一出来咱们就结婚!"

"你信吗?"我回答。

这无非是找点儿话说说罢了。于是她非常急切,并依然高声说:

"相信!"

她还说我将被宣告无罪,说我们还要下海游泳。但她旁边另一个女人号叫说她把一只篮子落在书记室了。她一一列举里面的东西,必须一一核实,因为所有这一切都很贵哟。我另一旁靠近的人与他的母亲始终两眼相对,两眼互望。那几个阿拉伯人继续在我们身边蹲着喁喁私语。户外阳光好像正在膨胀起来。逼迫港湾，激起海浪蜂涌。

我感到有点儿不舒服，很想离开。噪声使我难受。但另一方面，我又想趁玛丽还在场而多待一会儿。我不知道待了多少时间。反正玛丽跟我讲她的工作，不停地微笑。说悄悄话，大呼小叫，交谈会话，交叉相叠。唯一沉寂的小孤岛就在我身边，在小个儿年轻人和老妇人相望的那个空间。有人逐渐把阿拉伯人带走了，自第一个人走后，几乎所有人都沉默不语了。小老太太走近铁栅栏，当下看守向她的儿子做了个手势。"再见，妈妈。"儿子说。她把手从两根铁条之间伸过来，向儿子微微摆了摆手，动作又慢又久。

小老太婆走后，一个男人进来，手上拿着帽子，占了她的位置；这时看守带来一个囚犯，他们俩热烈交谈。有人来带走我右边的邻人。"保重自己，留神！"他老婆没有降低嗓门儿，好像她没有注意到没必要再高喊了。然后轮到我。玛丽做出吻我的手势。我走出去之前转身看了一下。她纹丝未动，脸仍紧贴着铁栅栏，仍挂着同样的微笑，尽管这次是强颜又紧皱的微笑。

玛丽给我写信就在这次见面后不久,从此时起开始发生的事情,我从来不爱讲。无论如何,不必言过其实,对我而言,这比其他事情更容易将就。监禁之初,最为难熬的,是我还有自由人意识。譬如,渴望去海滩和下海,想象我脚掌下最先冲来的浪花声,想象身体进入海水以及我从中获得解脱感,我一下感到我的囚室四壁相距之邻近。这种感觉持续了几个月。之后,我便只有囚徒意识了。我期待每日院子里放风或我的律师来访。我把其余时间安排得很好,以至于我常想,假如人家要我住在一棵枯树空心树干里,无事可做,只可抬头仰望天上浮云,我也会慢慢习惯的。想必我会等待鸟儿络绎飞过或云彩相聚飘游,有如我在这里等待我的律师稀奇古怪的领带,抑或恰如我在另一个天地,我一直等到周末去紧抱玛丽的肉体。然而,想穿了,我还不在枯树空心树干里嘛。有人比我更不幸的呢。更何况这是我娘的一个想法,她经常说,人到头来对一切都习惯了。

毕竟,我通常还没有走到这一步。最初几个月很难熬。

譬如,我为欲求一个女人而苦恼。这很自然,我还年轻嘛。我从没有特别惦记玛丽,但非常想要一个女人,是女人就行,就像我曾经搞过的女人,就像在任何情况下我喜欢过的女人,以至于我的单人牢房充斥了所有女人的面庞,填满了我的性欲。在某种意义上,这使我精神失常;在另一种意义上,却让我消磨时光。我最终取得看守长的好感,每次开饭,是他陪着厨房员工进屋。正是他起先跟我谈起女人。他对我说,这是其他囚犯们抱怨的首要大事。我对他说我跟他们一样,我觉得这等待遇不公道。他却说:

"恰恰如此才叫你们蹲班房呢。"

"怎么,就为这个?"

"就是嘛,自由即女人,人家剥夺你们的自由。"

"我从来没想到过这档子事儿,"我对他说,"确实不假,要不然惩罚在何处?"

"是的,您明白事理儿,您哪,其他人,不懂,但他们最终自寻痛快一下了事。"看守说完便走了。

香烟也是个麻烦。我入狱时,人家搜走了我的裤带、我的鞋带、我的领带，搜走我衣兜里所有的东西，尤其是香烟。一进单人牢房，我便要求还我香烟。但人家对我说牢房禁止抽烟。最初几天非常难受，也许正是禁烟使我一蹶不振，实在熬不住，就从床板扯下一些小木片来吮咂，一整天挥之不去地想呕吐。我不明白为什么不让抽烟，这对谁都没有坏处啊。晚些时候，我明白了，原来这也是惩罚的组成部分。不过彼时，我已经习惯不抽烟了，这种惩罚对我已不再是一种惩罚了。

除了这些烦扰，我并非太不幸。全部问题，还是一回事儿，在于打发时间。自从我学会回忆，我终于一点儿也不感到烦恼了。时不时，我专心想我家的房间，凭想象，从一个角落起步再回到原地，心里清点着走到之处摆放的每件东西。起先，很快清点完毕，但每次重新开始，清点的时间就延长一点儿：这不，我回忆起每一件家具以及每件家具上所陈列的每个物件，回忆起每个物件的细部以及细部本身，诸如一处镶嵌、一道裂缝或一处有破口的边线以及物件的颜色或纹理。我尽力不要弄丢我的物件清单思路，尽力确保物件清单完整无缺。几周之后，我靠着细数我家房间的东西，就能打发数个小时，这样，我越思索，越是从记忆中挖掘出一度被埋没被看轻的东西。于是，我悟出，一个人哪怕只活一天就可以不费吹灰之力在监狱中活一百年。他会有足够的回忆而不至于心烦意乱。在某种意义上，这是一种实惠。

还有睡眠。起先，我夜里睡得差，白天根本睡不着。渐而渐之，夜里睡得好许多，白天也能睡了。新近几个月，我一天睡十六至十八个小时。于是，我只剩下六个小时来打发吃喝拉撒，以及用回忆和捷克斯洛伐克人①的故事来消磨时光了。

我确实在床板和草褥之间发现有一片旧报纸几乎粘在褥布上，纸已发黄透亮。报上登有一则社会新闻，开头部分缺失了，但事情应该是发生在捷克斯洛伐克。一名男子离开一处捷克村庄出去发财。二十五年后成为富翁，他带着妻儿回老家。他母亲和妹妹在故乡经营一家旅店。为了给她们一个惊喜，他把自己的妻儿安排在另一家旅店住宿，自个儿到母

---

① 暗喻这则故事很像捷克人卡夫卡用德语写下的荒诞故事。

亲开的旅店，他进店时，母亲没有认出他来。他心血来潮，想开个玩笑，订下一间房，并显露其钱财。夜间，母亲和妹妹为了谋财，活活用榔头把他砸死了，暗杀后抛尸河里。第二天早上，死者妻子因不知情而通报了昨晚旅客的姓氏身份。于是，母亲上吊了，妹妹投井了。这则故事，我没准儿读了几千遍。一则，这个故事不足信；再则，又是很自然的事情。反正，我觉得这个旅客有点儿自己找死，永远不应该拿命来当儿戏。

随着睡觉、回忆、阅读我手里那则社会新闻以及日光和夜幕的轮回，时间就这样过去了。我曾经确实读到过说世人身陷囹圄，久而久之，最终失去时间概念。但这对我并无多大意义。我搞不清楚日子怎么可以既漫长又短暂。没准儿觉得日子太过悠长，拉长的时间漫溢到另一部分时间中去[①]。日子在时间中失去了自身的名称。对我而言，"昨天"或"明天"是唯一保留着意义的两个词。

---

① 参见柏格森《时间与同时性》涉及"心理时间"问题，即从心理角度研究时间，世人因心理原因时而觉得时间长，时而觉得时间短。

一天，看守对我说，我坐牢房已经五个月了，我相信他说对了，但我不理解他说的意思。对我而言，这五个月每天都一样，一天天酷似波涛滚滚涌进我的单人牢房，而我每天执行同样的任务。那天，看守走后，我拿起铁饭盒，照了照我自己，即使我力图朝它微笑，照出来的脸相依旧是严肃的。我把铁饭盒放在眼前晃了晃，微笑着晃了晃，照出来的神情依然严肃、忧愁。白日将尽，这是我不愿谈论的时间点，没名没姓的时间点，傍晚的喧嚣从监狱不同楼层纷涌而上，又复归寂静。我走近天窗，借着最后的亮光，我再一次静观自己脸相，依旧那么严肃，有什么好奇怪呢？既然在这样的时刻，我一向也是这个德行，不是吗？但同时，几个月以来我第一次清晰听得我自己说话的声音，听起来耳熟啊。这就是很多日子以来在我耳际回响的声音，我明白了，原来这一整段时间，我独自一人在说话呀。于是我想起参加我娘葬礼的女护士所说的话。唉，没有出路哇，无人能想象监狱的夜晚是何等样子的呀。

三

我可以说，其实夏天接替夏天非常之快。我心里有数，随着天气转热，我的事儿会突然发生转变。我的案子最后定于重罪法庭开庭审理，会在六月份结案。开庭公开辩论时，庭外艳阳普照。我的律师叫我放心，公开辩论不会超过两三天，"况且，"他补充道，"法庭急迫得很，因为您的案件不算本期开庭最重要的，紧接着您的案子有一桩弑父案要审理呢。"

早晨七点半，有人来提我，囚车把我押送到法院。两名法警带我走进一间阴凉的小房间。我们坐在一扇门旁等候，听得见门后的说话声，呼唤声，椅子挪动声，乱哄哄搬动物件声，不禁使我想起街区的节庆：音乐会之后，人们清理桌椅以便跳舞。法警对我说，要等一等再开庭，他们其中一人递给我一支香烟，我谢绝了。过了一会儿，他问我"是否怯场"。我回答说不，甚至在某种意义上，我有兴趣见识一下诉讼。我一生中从未有机会见识过。另一位法警说："倒也是呀，不过见多了怪累人的。"

又过了一会儿，屋子里一只小铃响了。于是，他们把我戴的手铐摘了，打开门，让我进入被告玻璃隔离小间。大厅座无虚席：爆满。尽管窗户有遮帘，太阳仍从缝隙透进来，空气已经令人感到窒息。玻璃窗关上了。我坐定，法警把我夹在当中。当下，我瞥见正对面一排人脸。他们一起盯着我：我很清楚，他们是陪审员。他们全都长得一个样儿。我只觉得自己是坐在电车上，那些无名的乘客想要从初来乍到的我的身上发现奇怪的事儿。我知道这个念头很蠢，因为他们想要的不是可笑，而是犯罪。但差别并不大，这就是我那时想到的。

在这密闭的大厅里，这么多人真叫我有点晕头转向。我还瞧了瞧法庭，辨别不出任何一张面孔。我很肯定，起初我没有领会全厅的人济济一堂是为了来看我的。通常，人们并不理会我这个人。我不得不费点儿工夫弄明白我是这场群情激动的起因。我对法警说:"这么多人哪!"他对我说这是因为报刊,他指给我看一组人,他们待在陪审员席位下方的一张桌子旁边。他对我说:

"喏,就是他们。"

"他们是谁?"我问。

"报刊。"他重复道。

他认识其中一位,此人这时正好瞧见了他,便朝我们走来。此人已经上了年纪,和善,却长着一副扮鬼脸的面孔。他很热情地握了握警察的手。此刻,我注意到大家相遇、招呼、交谈,就像在俱乐部,大家高高兴兴作为同一圈子的再次相聚。故而我想明白了自己产生的奇怪印象:我是多余的,有点像不速之客。然而,那个记者笑嘻嘻主动跟我说话。他告诉我,他希望我一切顺利。我向他表示感谢,他补充道:"您知道吧,我们把您的案件夸大了一点儿。夏天嘛,是报刊的淡季。唯独您的事儿和那桩弑父案还值得搞一搞。"说完,他指给我看,那一堆他刚离开的人中有一个小矮个儿家伙,胖得像头鼬獾,戴着一副大得异乎寻常的黑边眼镜①。他对我说此公便是巴黎报刊的特派记者。他最后说："况且，他不是为您而来的，但由于他负责汇报那起弑父案，人家要求他同时电报您的案子。"听到这儿，我差一点又要谢他了，但转念一想，那岂不是很可笑嘛。他热忱地向我稍为摆了摆手，便离我们而去了。我们又等了几分钟。

我的律师到场，身穿律师礼服，周围有许多其他同行。他走过去见记者们，跟他们一一握手。他们逗趣儿，引发笑声，神态自如自在，直到法庭响起铃声。大家各就各位。我的律师向我走来，跟我握手，嘱咐我简短回答人家向我提出的问题，不可以主动发言，其余由他来对付便是。

我听到从我左边传来有人挪动椅子的声音，但见一个又高又细的男人穿着红袍，戴着夹鼻眼镜，细心地折起法袍而后坐下。执达员宣布开庭。同时，两架大风扇开始转动，嗡嗡作响。三名审判官，两位穿黑袍，一位穿红袍，手夹卷宗进来，急步走向俯瞰全场的审判台。穿红袍的庭

---

① 暗喻马塞尔·阿夏尔（1899—1974），法国知名戏剧和电影记者兼剧本作者，常戴黑色宽边大眼镜，媒体大红人。

长居中在扶手椅坐下,把他的直筒无边高帽放在自己面前,用一块手帕擦了一下自己的小秃顶,宣布开庭审讯。

记者已经个个手握自来水笔。他们一概神情无动于衷,并且有点儿冷嘲热讽的样子。不过,他们之中有一位,相比之下,年轻许多,身穿一袭法兰绒衣服,系一条蓝色领带,把钢笔搁在自己跟前,却一直盯着我。在他那张有点儿不成比例的脸上,我只注意到他的两只眼睛,明眸照人,专心致志地注视着我,意图不明,难以捉摸。我却有种奇怪的感觉,仿佛是我自己盯着我自己。或许是这个原因吧,也因为我不知晓此地的常规吧,对随后发生的所有事情不清不楚,诸如:陪审员抽签,庭长向律师、向检察官、向陪审团(每次提问,陪审团一个个同时转身向着法庭)、向所有相关人员提问之后,很快宣读一份起诉书,我从中辨认出一些地点和人名,然后向我的律师提出新的问题。

接下来,庭长宣布他即将传讯证人。执达员念了一些引起我注意的姓名,我从刚才还没有定形的人群中看见一个个证人站起来,走出来后从旁门消失了:他们是老人收容所的所长和门房，老头托马斯·佩雷兹、雷蒙、马松、萨拉马诺，还有玛丽。玛丽还朝我做了个焦虑不安的小手势。当下，我还在大惊小怪地想怎么就没早点儿瞥见他们呢。这时，塞莱斯特听见叫他的名字，最后一个站起来。我还认出在他身旁那个餐厅矮小的娘们儿，她还是穿她那件紧腰上衣，还是那一丝不苟又果断坚决的神情。她以尖利的眼光盯着我。但我没来得及思考，因为庭长宣讲了。他说一场名副其实的辩论即将开始，认为不必要再叮嘱大家保持安静。按他的说法，他在法庭上是不偏不倚地引导案件的辩论，他坚决客观地对待案件的辩论。陪审团的判决将根据公正之精神作出。在任何情况下，哪怕有小小的捣乱，他都会下令清场。

法庭气温上升，我看到庭上的人都用报纸给自己扇风，揉皱的报纸发出一阵阵持续而微弱的哗啦哗啦声。庭长做了个手势，执达员送上三把草编扇子，三位法官立刻用上了。

对我的审问随即开始。庭长向我提问，语气平和，甚至让我感到一丝真挚。还要让我自报身份，尽管我恼火，但转念一想，其实这是相当自然的，因为若是把一个人当另一个人来审就太严重了。然后，庭长重新开始叙述我所做的事情。每念三句都要直面对着我问："是这样的吗？"每次我都按律师的嘱咐回答："是的，庭长先生。"这样就很冗长，因为庭长叙述得非常仔细。在整个这段时间中，记者们一直在做笔记。我感受到他们中最年轻的记者和那个长得像小自动机器人的人的目光。那排陪审员坐在类似有轨电车的长凳上，全部转身朝向庭长。而庭长咳嗽了一声，翻阅起他的卷宗。他一边给自己扇着扇子，一边转身向着我。

他对我说，现在，他不得不探讨与我的案件表面无关的问题，但或许有非常紧密的关联。我明白他又要谈及我娘了。当下，我感到简直烦透了。他问我为什么把我娘送进老人收容所，我回答因为我缺钱，雇不起人看护她、照料她。他又问我，就个人而言，这样做，我是否有所亏欠，我回答说，无论我娘还是我，我们之间谁也不期望谁什么，也不期望任何人，反正我们俩彼此都习惯各自的新生活。于是，庭长说在这一点上他不想再坚持提问，并问检察官是否有其他问题要提。

检察官向我半转过身来,但没有正眼瞧我,他宣称若是庭长准许,他乐意知道我单独一人返回泉水那边,是否怀有杀害阿拉伯人的意图。我说:"没有。""那么,"他又问,"为什么当事人身备武器? 又为什么恰恰回到老地方?"我说这是偶然的事儿。检察官语气不善地记录道:"都是即刻行为。"接下来整个儿有点乱套了,至少对我而言。之后,经过几番交头接耳,庭长宣布休庭,听取证词被推到午后进行。

我来不及思考,便被人带走了,把我押上囚车,开往监狱去吃午饭。很短的时间之后,刚来得及体会到累,便有人来提我了。一切重头来一遍,我处在同一间大厅里,面对同样的面孔。只是比上午闷热得多,每个陪审员、检察官以及我的律师和几个记者,人人手上奇迹般地配备了一把蒲扇。年轻记者和那个小女子一直待在那里,但他们不扇蒲扇,依然一声不吭死盯着我。

我汗流满面,擦了擦,只在听到传唤老人收容所所长时,稍微意识到我的处境和我自己。庭长问他,我娘是否埋怨我,他说是的,但又说,不过埋怨自己的亲属多少是寄养老人们的怪癖。庭长要他说清楚我娘是否埋怨我把她送进收容所,所长说是的,但这次,他没有做任何补充。在回答另一个问题时,他回答说,安葬那天他对我的冷静感到惊讶。之后,他又被问及他所谓的冷静是指什么意思。于是,所长低头瞧着自己的皮鞋尖说,我不愿意看我娘的遗容,我没有哭过一次,下葬之后拔腿就走了,没有在墓前默哀。还有一件事令他惊讶不已:殡仪馆有个职工对他说我居然不知道我娘的年龄。此时大厅鸦雀无声,庭长问他是否说的就是我。由于所长没有明白问题,他回答:"这是法律呀。"然后庭长问代理检察长①是否还有问题向证人提出,检察官便嚷道:"哼!没有了,这已是足够了!"他冲着我大嚷,声音如此响亮,目光如此得意洋洋,使得我多年来第一次愚蠢地想哭,因为我感受到所有在场的人是多么憎恨我呀。

庭长先问陪审团和我的律师是否有问题要提,然后让老

---

① 检察官是代表检察长出庭,故而又称代理检察长。

人收容所门房上庭作证。门房跟其他所有上庭作证的人一样，履行相同的仪式，他走到我跟前时，瞧了我一眼便扭头走了。他回答了别人向他提出的问题。他说，我不愿意看我娘的遗容，说我抽烟，说我守夜时睡觉了，说我喝了牛奶咖啡。当下，我感觉某种东西激起了整个大厅的愤怒，第一次使我明白我有罪。庭长要门房重述一遍牛奶咖啡和香烟的事儿，代理检察长瞧了我一眼，他眼里闪着嘲讽的光芒。此刻，我的律师问门房他是否跟我一起抽烟，但检察官起身强烈反对这样的问题："这里谁是罪犯？这种提问的方法明明在抹黑控方证人，是为了削弱证词的分量，而控方的证词铁证如山哪！"不管怎样，庭长要求门房回答问题。老头儿不好意思地说："我知道得很清楚，我有错，但我不敢拒绝先生送上的烟。"最后，他们问我是否有什么要补充的。我说："没有啦，只想说证人说得对，确实是我递给他一支烟。"门房瞧了瞧我，颇为惊讶，带着某种感激之情。他犹豫了一下，然后他说是他请我喝了牛奶咖啡。当下，我的律师得意扬扬地大声喧嚷，宣称陪审员们会加以识别的。但检察官雷鸣般的吼声在我们头顶炸开:"是的,陪审员先生们将予以重视。他们会得出结论说,一个陌生人可以请喝咖啡,但一个儿子应该加以拒绝,因为他面对的是让他来到世上的那个女人的遗体。"门房回到自己长板凳座位上。

轮到托马斯·佩雷兹作证,执达员不得不一直扶他到法庭证人席位。佩雷兹说他主要认识我娘,他只见过我一次,就在安葬我娘那天。法官问他那天我做了些什么,他答道:"你们都明白,我自己太痛苦了,所以什么也没看见,正是痛苦使我对什么都不在意了,因为对我来说,是一个非常之大的痛苦哇,甚至我都晕倒了。所以么,我没能注意这位先生。"代理检察长问他是否至少看见我哭过。佩雷兹说:"没有。"于是轮到检察官说:"陪审员先生们将会予以重视。"但我的律师发火了。他问佩雷兹,以一种窃以为夸大其词的语气,他是否看见我没有哭?佩雷兹说:"没有。"这一问引起哄堂大笑。我的律师一边撸起袖子,一边以斩钉截铁的口吻说道:"请看,这就是这场官司的德行。一切都是真的,而任何东西又都不是真的。"检察官紧绷着脸用铅笔在其卷宗标题上戳戳点点。

审讯暂停五分钟，期间，我的律师对我说，一切再好不过了，塞莱斯特的证词是明摆着的嘛。他是由被告方提名出庭的：被告即是我。塞莱斯特时不时朝我这边看看，手里不停地卷弄一顶巴拿马草帽。他身穿的新衣服就是某些星期天跟我一起看赛马时穿的那件。但我认为他那时没能戴硬领，因为只要系个铜扣就可扣住他的衬衣。他被问及我是不是他的顾客，他说："是的，但也是个朋友。"问他对我的看法时，他回答说我是条汉子，人家问他此话怎讲，他宣称大家都明白男子汉是什么意思；人家再问他是否注意到我沉默寡言，他只承认，我不说没有任何意义的话。代理检察长问他我是否按期支付包饭费。塞莱斯特笑了，声称："这是我跟他，咱俩的事情。"他还被问及对我的罪行有什么想法。当下，他把双手搭在证人席栏杆上，看得出来，他是有备而来的。他说："我的看法，这是一件不幸事件。不幸事件，大家都知道这意味着什么，这叫做让你猝不及防。好吧，在我看来，这是一起不幸事件。"他还要继续讲，但庭长对他说，请打住，谢谢他。于是，塞莱斯特待着有点儿发愣。但他硬是说他还有话要讲。庭长要他长话短说。他依旧重复道，这是个不幸事件。庭长对他说："好了，听清楚了。我们在这里就是为了审理这类不幸事件的嘛。我们谢谢您的证词。"于是，塞莱斯特朝我转过身来，好像他已经用尽了他的才能和善意了。我感觉得出他的眼睛闪着泪光，他的双唇微微颤抖。他那副样子仿佛在问我他还能为我做些什么。我呢，虽然什么也没说，连个手势也没做，但我生平第一次渴望拥抱一个男人。庭长再次嘱咐他离席。塞莱斯特这才回自己的旁听席位坐下。在剩下的旁听时间里，他一直正襟危坐，身子微微前倾，两肘支在膝盖上，双手捧着巴拿马草帽，倾听人们说的一切。

玛丽进来了。她戴一顶帽子，依旧很美，但我更喜欢她披散着头发。从我待的地方，我感觉得到她轻盈的乳房，认得出她的下唇总那么微微鼓起。她好像非常紧张。人家一开始就问她从什么时候与我相识。她说出她曾在我们公司工作过。庭长想知道她跟我是什么关系。她说她是我的女友。在回答另一个问题时,她回答说确实可能嫁给我。检察官正在翻阅卷宗,突然问她何时开始我们的暧昧关系。她说了那天的日期。检察官不动声色地指出他觉得是我娘下葬的第二天。然后,他含讥带讽地说,他并不想抓住一种微妙的情境不放,很理解玛丽有所顾虑,但(说到这里,语气更为严厉起来)他责无旁贷,不得不凌驾于礼节之上。因此,他要求玛丽简述我俩认识那天的情形。玛丽不愿意讲,但检察长非要她讲不可,于是她讲了我们游泳,出去看电影,然后回到我家。代理检察长说,鉴于玛丽在预审时的陈述,他查了查那天电影院放映的节目,并补充说,还是让玛丽自己来说一说那天放的什么电影吧。玛丽的声音几乎失真了。确实,那是费尔南德尔演的一部片子。玛丽说完,全场一片寂静。此时,检察官站起身来,神情非常严肃,手指直向着我,用一种我觉得确实激动的声音,以着力而清晰的吐音,慢条斯理地说:"陪审员先生们,此人在他母亲下葬的第二天,就去游泳,就搞不正当的男女私情,就去看滑稽电影哈哈大笑。我不必再跟你们说什么了吧。"他坐下,全场依旧一片寂静。但，突然之间，玛丽失声痛哭。她说事情并非如此，有别的情况，是别人逼她说与她想法相反的东西，她非常了解我，说我没有做任何坏事。但执达员，在庭长一个手势下，就把她拖走了。审讯继续进行。

刚拖走玛丽，马上传唤马松作证，他宣称我是个老实人，"甚至可以说，是个诚实的人"。但这时大家已经不大注意听了。轮到萨拉马诺，那就更没有什么人听了，他提请大家听他说，我善待他的狗，他曾向我提过一个有关我娘与我自己的问题时，我回答时说过：我不再有什么可对我娘说的了，我为了这个原因才把我娘送进老人收容所的。"应当理解呀，"萨拉马诺一再说，"应当理解呀。"但没有任何人表示理解。他被带走了。

然后轮到雷蒙上场，他是最后一个证人。雷蒙稍稍跟我打了个招呼，劈头就说我是无辜的。但庭长宣布，法庭不要他作出判断，而是要他讲出事实，并请他等待问题再作出回答。首先要他讲明与被害人的关系。雷蒙趁机说被杀者恨的是他，自从自己打了他姐的耳光。庭长却问他被杀者是不是没有理由恨我呀。雷蒙说海滩上我在场纯属偶然。于是庭长又问他,悲剧的起因是我起草的那封信,又是怎么回事儿。雷蒙回答说:"这是个偶然。"检察官反驳道,偶然,在此事件中,对良知已经构成许多损害了吧。他很想知道:雷蒙扇情妇耳光时我没有干预,是否属于偶然;我在警察分局作证,是否属于偶然;我在那次作证时作的陈述显示纯粹为了取悦于人,是否还属于偶然。最后,他问雷蒙什么是他的谋生手段,由于后者回答"仓库管理员",代理检察长向陪审团宣告,人所共知,此证人干的职业是权杆儿。而我,则是他的同谋和朋友。这是一起最下流的荒淫无耻惨剧,由于搀和着道德上的魔怪就更为严重。雷蒙决意进行申辩,我的律师也提出抗议,但庭长对他们说,必须让检察官讲完。后者说:"我要补充的话很少了。"接着问雷蒙:"他是您的朋友吗?"雷蒙回答:"是的,他是我的伙伴。"代理检察长这时向我提相同的问题,我瞧了瞧雷蒙,他没有转过眼睛去。于是我回答:"是的。"当下,检察官转身向陪审团宣告:"就是这个人,在母亲死后下葬的第二天做出最荒淫无耻的勾当，出于微不足道的理由，只为了结一桩伤风败俗的纠纷就去杀人。"

检察官说完便坐下。但，我的律师再也按捺不住了，他举起双臂，法袍的双袖滑落下来，露出上了浆的衬衣的褶皱，嚷道："末了，他究竟被告埋葬了母亲，抑或打死了一个人？"话音落地，哄堂大笑。但检察官再次挺身站起来，整理了一下自己的法袍，宣称要像这位可敬的辩护人那样天真，才不会觉得在这两类事件之间有着深刻的、悲怆的本质的关系，检察官有力地喊道："是的，我控告此人怀着杀人犯的心埋葬了自己的母亲。"这个宣判似乎对在场听众产生了巨大的效应。我的律师耸了耸肩，擦了擦满头的汗水。连他本人都动摇了，我这才明白事情对我很不妙了。

审讯结束。我走出法院登上囚车之际，片刻之间我又感受到夏日傍晚的气息和色彩。在行驶的昏暗囚室里，我仿佛从疲倦的深渊中重新听到我热爱的城市所有熟悉的声音，那是我会感到身心愉快的某个时辰。报贩在轻松的气氛中的吆喝声，广场上最后的鸟鸣，三明治商贩的叫卖声，有轨电车在城市高点转弯时发出的呻吟以及夜幕降临港口前的嘈杂声，这一切又为我重新勾勒出一条看不见的路线图，是我在入狱前很熟悉的。是啊，这样的傍晚时刻，我曾经感到非常愉快，如今真是久别重逢哪。彼时等待我的，总是无忧无虑的睡眠，从不做梦的睡眠。但有些事起了变化，这不，同样等待第二天，我却回到自己的单人牢房，仿佛夏日天空呈现的轨迹既可通往监狱，也可通向清白无辜的睡眠。

四

甚至在被告席上，听别人谈论自己，总归是蛮有意思的。在检察官与我的律师辩论时，我可以说，他们大肆谈论我，也许谈论我比辩论我的罪行更多。况且，双方的辩护词有那么大的区别吗？我的律师举起双臂，做认罪辩护时表示情有可原。检察官伸出双手，检举罪行，宣称罪不可赦。不过，有件事使我隐约感到不爽。尽管我心里纠结，有时我真想参加辩论，但我的律师当即告诉我："别说话，更有利于您的案子。"可以这么说吧，他们处理这桩案子好像把我撇在一边，一切在没有我的参与下进行。我的命运得以了断，并不需要采纳我的意见。有时候，我真想打断众人的话，并且说："究竟谁是被告呢？身为被告，是很重要的嘛！本人有话要说！"但再三思考之后，我什么也没说。况且，我应当承认，找到别人的关注点，也很难长时间地博得他人关注。譬如，检察官的辩论很快就使我厌倦了。只有断章碎语，姿态举动，一连串的独白，虽然与整个局面无关，反倒使我印象深刻抑或唤醒我的兴趣。

如果我理解对头，检察官打心眼里认为我是预谋犯罪，至少他千方百计要证明这一点，恰如他本人说的那样："先生们，我将证明，反复证明。首先把犯罪事实暴露在光天化日之下，然后将其置于阴暗面之中以此揭示出这个罪恶灵魂的心理状态。"他概述了我娘死后的种种事实，历数了我麻木不仁、不知老娘年龄、安葬第二天下海游泳、跟一女人去看电影——费尔南德尔主演的片子，末了带玛丽回家上床。他说到这里，我费了点儿工夫才明白他的意思，因为他说

"他的情妇",而对我而言,她是玛丽。然后,他终于讲雷蒙的事情。我觉得他看事情的方式倒不乏明晰。他所说的话尚合情理。首先,我与雷蒙一起写信把他的情妇引出来,交给"道德不可靠"的男人去作践她。我在海滩还挑衅过雷蒙的对手们。雷蒙受了伤,我便向他要来了左轮手枪。我独自一人返回使用了这把手枪。我按自己的预谋击毙了阿拉伯人。我还等了一下。"为了确保活儿干得彻底",我又打出四发子弹,从容不迫,稳扎稳打,几乎可以说是经过深思熟虑的。最后这位代理检察长概括如下:

"先生们,事情就是这个样子啦。我给你们描述了一连串事情的线索,证明此人在深知底细的情况下杀了人。我强调这一点,因为这不是一起普通谋害,不是你们可能认为在应时情况下的轻率举动,因此可以得到减刑。此人哪,先生们,此人很聪明哩。你们听他说过话了吧? 他很会应对的。他懂得用词的分量。总不能说他做事时不知道自己在干什么吧。"

我呢,洗耳恭听,我听见他说我很聪明。但我不大明白一个普通人的优点可以变成罪人决定性的罪状。至少这使我感到惊异，于是我不再注意听检察官说话了，直到听到他说："难道此人表示过憾恨吗？从来没有哇，先生们。在预审期间，面对滔天罪行，他没有过情绪波动。"说到这里，他转身向着我，用手指着我，继续讨伐我，尽管实际上我不明白为什么。我可能都情不自禁承认他说得对。我对自己的行为不大懊悔，但如此猛烈的讨伐使我吃惊。我真想尽力真诚地向他解释，几乎怀着一片至诚对他说，我从来没能对某个事情悔恨过。我总是为即将发生的事操劳，不管是今天的或明天的。在我目前的处境下，我自然不能以这种口气对任何人说话。我没有权利表现亲热，也没有权利抱有善意。我尽力洗耳恭听，因为检察官开始高谈我的灵魂了。

他对陪审员先生们说，他对我的灵魂深感兴趣，却发现个中空空如也，所以他说，实际上我根本没有灵魂，既毫无人性，又无道德原则，这些守着世人心中的原则，我一概都达不到。他补充道："或许，我们不必对他求全责备。他不能得到的东西，我们也不能告状他缺德。但事关法庭，容忍所引起的一切消极效应必须转化为正义的积极效应，这种效应尽管来之不易，但更为高尚。更有甚者，我们在此人身上发现如此空虚的心灵，就像黑洞一样正在变成社会可能陷入的深渊。"于是，他话锋一转，又谈起我对我娘的态度。他把辩论期间所说的话又说了一遍。但他重复的话比他谈及我的杀人罪行要多得多。讲的时间也更长更久，以至于我最后只能感受到这天上午的炎热。突然这位代理检察长停了一下，沉默片刻之后，他又以低沉而自信的声音说道："先生们，本法庭明日将审判一起罪恶滔天的弑父案件。"据他看来，这桩残忍的凶杀案令人无法想象。他斗胆希望人类正义会严惩不贷，决不手软。但他不怕说出一个想法，这起弑父案引起他的憎恶与我对我娘的冷漠引起他的憎恶，两者相比，几乎可以说后者甚于前者。依然按他的说法，一个在道德上杀死自己母亲的人与一个亲手谋害父亲的人同样都是自绝于人类社会。反正，前者的行为是为后者种种行为作准备的，几乎是预告后者的种种行为，并为其辩护。他提高嗓门儿补充道："先生们，我深信你们不会觉得我的想法太大胆了吧，如果我断言坐在这张板凳上的人，与本法庭明天将审判的谋杀案同样罪不可恕。因此，他应当受到相应的惩罚。"话说至此，检察官擦了擦脸上闪闪发亮的汗水，最后说他的职责苦不堪言，但他坚决去完成。他宣称我无视社会最基本的法则而与社会格格不入，宣称我忽视人类良知的基本反响而不能求助人类良知。他说："我向你们请求拿下此人的脑袋，而且是怀着如释重负的心情提出请求的。因为，如果说在我漫长的职业生涯中，时不时会有极刑诉求，但从未像今天这样让我感到本人艰巨的职责收获了补偿，获得了平衡，得到了昭雪，凭着不可抗拒的神圣旨意以及对这张人脸的憎恶，因为在这张脸皮上我只看得到伤天害理的东西。"

检察官重新坐下，一片寂静延续相当长的时间。我则因炎热和惊讶而晕头转向。庭长咳了几声，非常低声问我是否没有任何东西要补充了。我站了起来，由于急切想说话，况且有点儿随机应变，我说，我不是有意枪杀阿拉伯人。庭长回答说，这是肯定句，到目前为止，他对我的辩护方案还不得要领，所以在听取我的律师辩护之前，很乐意听我确切说明白导致我杀人的动机。我说得很快，有点儿语无伦次，意识到自己滑稽可笑。最后，我说，那是因为太阳的缘故。大厅里立即发出笑声，我的律师耸了耸肩。马上，庭长要他发言，但他宣称时间晚了，他要讲好几个小时，请求推迟到下午，法庭同意了。

下午，巨大的电扇仍旧搅动着大厅浓厚的空气，陪审员们五颜六色的小扇子全朝同一方向摆动。我觉得律师替我辩护没完没了。不过，在某个时刻，我有用心听他讲话，因为他说："确实，'我'杀了人。"接着，他继续这种语气，每次讲到我时总说"我"。我非常惊异，便俯身问一个法警为什么。他不让我出声，但过了一会儿，他说道："所有律师都这么说话。"而我，窃以为这是把我本人踢出案件之外，把我化为零，在某种意义上，这是把我取而代之。不过，我觉得自己确实已经离审讯大厅很远了。我还觉得他的辩才大大不如检察官。他说："我本人也对这颗灵魂很感兴趣，但与这位检察院杰出代表相反，我却颇有收获，并且可以说，我获得的东西就像打开的一本书,一看就明了。"他发现我是一个正直的人,一个兢兢业业、不知疲倦的职员,忠实于雇佣他的公司,人见人爱,同情他人的苦处。按他的说法,我是一个模范儿子,在力所能及的情况下供养母亲。但最终,我本希望收容所给老太太过上舒适的生活,但我的财力不允许。他补充道:"先生们,我感到惊异呀,人们对老人收容所议论纷纷,甚嚣尘上哪!假如必须证明这些机构设施的用途和伟大,那就必须大书特书,是国家本身给它们资助的吧!"只不过,我的律师没有讲到安葬,我觉得在他辩护词中缺少这一项。然而,因为这些冗长的空话,天天夸夸其谈;又因为无休止地花费时间高谈我的灵魂,我仿佛觉得一切变得像一潭无颜无色的水,令我头晕目眩。

最后,我只记得,就在我的律师继续发言时,街上传来一个卖冰淇淋小贩的喇叭声,从街上穿过一个个厅室和法庭,传到我的耳际,对过去生活的种种回忆突然涌入我的脑海,虽然不再属于我的了,却是我曾经得到过的快乐,最苦命的,也是最持久的快乐。夏天的气息,我喜爱的街区,傍晚某种色彩的天空，玛丽的笑容和连衣裙。我在这种法庭上所做的一切都是无用的，这使我从心里堵到喉咙，我只想赶快了结，完事大吉，以便回到我的单人牢房睡大觉。我的律师最后吼着请求陪审团，我这才稍为听清他说话，陪审员先生们总不至于把一时失控而误入歧途的一个诚实劳动者送上死路吧，请考虑减刑情节，好让我终身悔恨不已，这才是对我最实在可靠的惩罚。法庭宣告休庭。我的律师坐下，精疲力竭。他的同事们过来一一跟他握手，我听见他们说："太棒了，亲爱的。"其中一人甚至拉我一起帮腔，对我说："哎，是吧？"我表示赞同，但我的赞许不是真诚的，因为我太累了。

庭外，天色将近黄昏，也不怎么热了。从我听得街上传来的嘈杂声，我揣摩着傍晚的柔和曼妙。大厅里，我们大家都在等候，而我们大家一起等候的，只关系到我一个人。我又瞧了瞧大厅，一切跟第一天一个模样。我的目光与穿灰上衣的新闻记者的目光碰上了，跟那个机器人模样的女人的目光也碰上了。这使我想起在整个诉讼期间我不曾用眼光搜索过玛丽。我不曾忘记她，但我要应对的事儿太多了。我看见她坐在塞莱斯特和雷蒙之间，她向我做了个小示意，好像在说："总算了结啦！"我看见她的脸上泛着带点儿焦虑的笑容。但我的心关上了，我甚至无法回应她的微笑了。

法院重新开庭。很快，庭长向陪审团念了一连串问题。我耳听得"谋杀罪犯"……"预谋杀人"……"有可减轻罪行的情节"。当下，陪审员们走出去了，我也被带到我已经等候过的小室里。我的律师来陪我。他非常健谈，滔滔不绝，对我说话时，从来没有这么大的信心和热忱。他认为一切会很顺利，说我无非坐几年牢或服几年苦役就会脱身出来。我问他假如判决不利，是否有机会上诉。他对我说没有。他的策略是不提交当事人的意见，以免引起陪审员们的不快。他向我解释道，对一项判决不可以这么随便找个事儿就提出上诉。我觉得此事不言自明，便依从他说的道理。冷静地考虑一下此事，这样做完全是很自然的，反其道而行之，就会消费太多的无用公文状纸。我的律师对我说："不管怎样，上诉总归是可以的。但我深信，结局将对您有利。"

我们等待了很久，三刻钟左右吧，我想。之后，响起一阵铃声。我的律师离开我时说："陪审团主席即将宣读判决结果。他们要到陈述判决书时才让您进去。"当下传来几扇门砰砰作响声，人们在楼梯上跑动声，我听不出他们离我近或离我远。然后，我听见一个低沉的声音在大厅里朗读什么。铃声再次响起，囚室门打开了，迎接我的是肃静，一片肃静，令我产生怪异的感觉，我觉察到那个年轻的记者把眼睛转向别处。我没有朝玛丽那边看，我没有时间了，因为庭长以一种古怪的形式向我宣布，以法兰西人民的名义在一处广场上将我斩首示众。我终于好像明白了我在所有人脸上识别出来的情感，我相信那是几多敬意吧。法警对我非常温和。律师把手搭在我的手腕上。我什么也不要再想了。这时，庭长问我是否要补充什么。我思考了一下说："没有了。"于是他们便把我带走了。

五

我拒绝接待精神指导神甫已经是第三次了。我没有什么可对他说的,我根本不想说话,反正很快还会见到他。我此刻感兴趣的是逃避断头机,斩首示众,是想知道不可避免的事儿能否有一条生路。人家给我换了间单人牢房。从这里,我一旦躺下,便看得见天空,也只见得着天空。我整天整天望着天,那色彩从昼至夜的明暗变化。我躺着时,双手枕在头下,等待着。我不知道有多少次自问是否有过死刑犯逃脱那部无情的断头机,在处决前消失不见,挣脱了执刑者的绳索。为此,我责怪自己没有足够关注过有关执行死刑的叙事散文,不错,始终应当关注这些问题,谁知道会发生什么事情呢。我跟大家一样也在报刊上读过报导,势必有相关的专著吧,我却从未有过好奇心去翻阅。在这样的书里,或许找得到越狱的故事。没准儿,读得到,至少有个特例吧,比如绞刑架的滑轮停止不动了,在这种无法阻挡的预谋中,产生了偶然和机遇,哪怕只是一次,就会改变事态。仅仅一次而已。这在某种意义上,我认为对我而言已经足够了。至于其余,由我的良心去应对吧。报刊经常讲起一种亏欠社会的债务。按他们的看法,必须偿还。好在寓于想象之中,谈不上什么真的还债吧。重要的是,在想象中存在越狱的可能,一下子跳脱出无法改变的常规惯例,一路狂奔,为希望创造出各种各样的机遇。当然,所谓希望,就是被打死在街道的一角,在狂奔中被一颗流弹击中。然而,全面考虑之后,啥也不允许我实现这种奢望,一切都在禁止我的奢望,断头机又把我控制住了。

尽管我以诚相待,我却不能接受这种蛮横无理的决断,因为说穿了,在以这种武断为依据的判决与此判决宣布之时起坚定不移的执行过程中,存在着一种可笑的不相称性。事实是,判决是在二十点而不是十七点宣读的,不然很有可能完全是另一番情境。 再说判决是那些换了衬衣的人们作出的,而且扛着法兰西人民(或德意志人民或中国人民)的信誉,而法兰西人民这个概念与德意志人民或中国人民一样不明确呀，所以我很不以为然，觉得这一切使这样一个判决大大缺乏严肃性。但我又不得不承认，从作出这个判决那一秒起，其效力已确定无疑，严肃认真，就像我身体倚靠的墙壁那么牢靠了。

在这样的时刻，我居然想起我娘给我讲过的有关我爸的一段往事。我没见过我父亲。我知道此公确切的全部往事，也许就是当时我娘给我讲的：他去看过处决杀人犯。他一想到去看处决，心里就难受得不行，但还是去了，回来之后，他一上午呕吐了好一阵子。彼时，我听后觉得我爸挺让我恶心的。现在，我理解了，这再自然不过了。我当时怎么没看出来执行死刑是再重要不过的事情了。总之，对一个世人来说，是唯一真正有意思的事情！假如万一我出得去这座监狱，我会去看所有的死刑执行。但，我认为我错了，不该想到这样的可能性。一想到某天清晨我站在警戒线后面成了自由人，可以这么说从另一边看到的吧，一想到自己是来看热闹的，而看过之后可能恶心呕吐一场，便感到一股有毒的喜悦涌上心头。但这并不合理呀。我错了，不该胡思乱想这些没门儿的事情；因为片刻之后，我觉得浑身发冷得可怕，赶紧钻进被窝蜷缩一团，牙齿情不自已地格格打战作响。

不过，当然啰，谁也不能总那么合情合理吧。比如有那么几次，我拟订法律草案。我改革刑罚制度。我注意到制度的要义是给被判决者一个机会，哪怕千分之一的机会，也足以安排好多事情。这样，我觉得能够找到一种化合物，服用后有十分之九的把握杀死受刑者（我是想说"受刑者"）。①他，要心中有数，这是条件。因为，经过反复思考后心平气和看待事情了。我验证过断头机上的铡刀的缺陷问题，是没有任何机会，绝对没问题的。总之，一铡刀落定，一劳永逸，受刑者死定了。这是一桩了断的公案，一个作出裁决的安排，一份谈妥的协议，故而谈不上回旋余地了。假如发生特殊情况，比如铡刀失灵，又得重新铡一次。由此会产生很麻烦的事情，那就是受刑都还不得不希望断头机运转得万无一失。我说的是失灵的一面，在某种意义上，确实如此嘛。

---

① le patient 有两种含义：1. 外科病人；2. 受刑者。作者此处指的是"受刑者"。

但，在另一种意义上，我又不得不承认一种严密机制的全部奥秘就在于此。总之，受刑者不得不在精神上予以合作。一切运行无碍，恰恰符合他的关切。

我也不得不确认，时至此时，关于这些问题，我曾经有过的想法是正确的。我不知道为什么一直以为上断头台必须拾级而上，一级一级走上断头台。现在想起来，这是因为1789年大革命，我的意思是说，在这些问题上别人教我或让我这么认识的缘故。但是，我回想起，一天早上，看到报纸登载一张照片，报导彼时引起轰动的处决[1]。事实上，断头机是直接平放在地上的，最最简单不过了。它比我想的要窄小得多。我没有早点儿察觉，想来相当奇怪。照片上那台断头机从外观上看，做工之精准、刀刃之锋利，令我吃惊不已。人们总是对自己不熟悉的东西产生夸张失实的想法。我应当反过来察看，一切都很简单了，断头机与走向它的人处在同一个水平面上，这个被处决的人与它会合就像普通人走过去跟另一个普通人会合一样。当然，这也挺烦人。相形之

---

[1] 系指1939年轰动一时的魏德曼杀人案件。

下，拾级而上断头台，仿佛升天，想象力可以死抱着不放。不过说到底，断头机把人粉身碎骨，使人丧失一切，所以被处死时无声无息，带点儿耻辱，又十分之精确。

还有两件事令我念念不忘：黎明和我的上诉。不过，我倒一直劝说自己，尽力不再去想。我躺下，仰望天空，千方百计对天空产生兴趣。天空变成绿色，就是黄昏了。我再努力一把，转移我的思路。我倾听自己的心声。我无法想象这个心跳声伴随我如此之久，有朝一日会停止。我从未有过真正的想象力。不过，我试图想象某一秒间隙中我的心跳不再传送到我的脑子。但白费心思了。黎明或我的上诉，依然萦绕脑海。临了，我对自己说，最为通情达理的是不勉强自己。

他们黎明来提人，我知道。总之，我一夜又一夜守着，等待黎明。我从来不喜欢被弄得措手不及。一旦发生与我有关的事儿，我更乐意亲自在场。这就是为什么最后我只在白天睡一睡，而整夜整夜我耐心等待曙光在天窗上出现。最为难熬的是曚昽破晓时分，我知道他们此时动手。子夜一过，我便等待了，窥伺了。我的耳朵从未感受过那么多杂音，从来没有识别过那么细弱的声音。况且，我可以说，以某种方式来看，在这整个阶段，我算运气好的，因为我从未听到过脚步声。我娘常说：一个人从来不会时时处处都倒霉的。每当天空染上色彩，新的一天悄然溜进我的单人牢房时，我便觉得我娘言之有理。这不，原本我会听见脚步声，没准儿我的心会紧张得崩裂。甚而至于，走廊里最轻微的滑步声都会使我奔向房门；甚而至于，我把耳朵紧贴门板，在狂乱的等待中会听得自己的呼吸声，因觉得自己的声音嘶哑，像一条狗那样嘶哑喘气而胆战心惊，但到头来我的心毕竟没有崩裂，于是我又赢得二十四个小时。

　　我整天都在思考我的上诉。我认为自己抓住了这一想法最正确的部分，估量其效果，从我的思考中获得最佳收效。我总是取其最坏的猜想：我的上诉被驳回。"那么，我必死无疑。"显而易见，比别人死得更早。但世人皆知生命不值得度过。实质上，我并非不知三十岁死或七十岁死没有什么关系，因为两种情况无论哪种，有的是别的男人们与女人们将活下来，不言自明，几千年来一概如此。总而言之，这是一清二楚的事情。总归我会死的，现在死也罢或再过二十年死也罢。不过现在，在我的推理中，使我颇为难的，倒是想到还要等到未来二十年，我心里反而感到一阵可怕的跳跃。但我只要在想象中将其抹煞就好了，因为想象二十年后我的思想会怎样，那就得等到我活到那个时候再说。人等死的时候，怎么死，何时死，已经无关紧要了，显而易见嘛。因此，困难恰恰在于念念不忘"因此"这个词所代表的推论，因此我应该接受我的上诉被驳回。

此刻，只有此刻，我几乎可以说有权，不妨说允许自己吧，探讨第二种假设：我被特赦。烦人的是，必须使自己血液和肉体的冲动不要过于亢奋，否则丧失理智的喜悦会使我两眼昏花。我必须尽力遏制自己喊出声来，使之保持理智。在第二种假设中，我甚至必须显得自然洒脱，这样，在第一种假设中我的屈从才显得更为说得过去。我成功说服了自己，获得一个小时的安宁。这样，毕竟是值得尊重的吧。

就在一个与此相仿的时刻，我再一次拒绝接待指导神甫。我正躺着，揣摩着夏日黄昏临近，天空呈现某种金黄色。我刚放弃上诉，能够感受到我身上的血正常流动。我不需要见指导神甫。好久以来，我第一次想念玛丽。有很多日子她没给我写信了。这天夜晚，我琢磨一番后对自己说，她没准儿厌倦充当一个死囚的情妇了吧。我也想到她或许病了或死了。这是合乎事理的。我怎么能知道这些呢？既然现在我们俩的肉体已不在一起，我们之间没有任何联系，谁也想不起谁了。况且，从此刻起，我对玛丽的回忆已使我无动于衷了。她即便死了，也跟我无干。我觉得这很正常，恰如我非常理解在我死后，世人会忘记我，他们不再跟我有任何干系了。我甚至不能说这么想挺狠心的。

正逢此时，指导神甫进屋了。我一见他，便微微颤抖了一下。他看在眼里，马上对我说不必害怕。我对他说他平时是另一个时间来的。他回答我说，这次完全是友好的探访，跟我上诉的事毫不搭界，并且说对我的上诉一无所知。他在我小床坐下，并请我坐在他旁边。我拒绝了。不过，我觉得他的样子倒蛮温和的。

他坐了一会儿，一双前臂搭在双膝上，头低垂着，瞧着自己的双手。他的手纤细而结实，使我联想到两头敏捷的走兽，他慢条斯理地一只手搓着另一只手。之后，他就这么待着，始终低着头，很久很久，弄得我一时觉得把他给忘了。

但，他猛然抬起头，面对面盯视我问道："您为什么拒绝我探访？"我回答说，我不信上帝。他便问我此话是否有十分把握，他非想知道不可；我说犯不着向自己提这样的问题，因为我觉得这是个无关紧要的问题。于是，他把身子往后一仰，背靠墙壁，双手平放在大腿上，几乎不像在对我说话。他曾有过觉察：世人时不时自以为很有把握，实际并没有呀。我闷声不吭。他直视着我发问："您有何高见？"我回答说有可能的。反正，我自己呢，对我真正感兴趣的事儿，或许没有把握，但对我不感兴趣的事儿，我则完全有把握。恰恰他对我说的事儿，我偏不感兴趣。

他把目光移开了，却依然没有改变姿势，问我是否因为绝望才这么说话。我向他解释说我没有绝望。我只是害怕，这很自然嘛。他指出："上帝会帮助您的。像您这样的情况，我所认识的人全部皈依上帝了。"我承认这是他们的权利。这也证明他们有时间这么做。至于我，我不愿意别人帮助我，我也没时间对我不感兴趣的东西产生兴趣了。

此刻，他双手示意不快，但挺直上身，整理了一下教士长袍的褶痕。他完成自我调整之后，称我为"朋友"：他之所以这样对我说话，并不是因为我被处死刑了；按他的说法，我们大家都被判定终将死亡。但我打断了他的话，对他说这不是一码事，况且也无论如何不可能是一种宽慰。他赞同道："诚然，不过您倘若今天不死，早晚也会死的。将来也会遇到同样的问题。届时您将如何面对这样可怕的考验呢？"我答道，我此刻怎么面对，将来也完全照现在这么面对呗。

此言一出，他霍地起立，逼视我的眼睛。这种把戏我见识多啦。我自己就经常跟埃马纽埃尔和塞莱斯特闹着玩儿。

一般来说，是他们把目光移开。指导神甫也精通这套把戏，我立马明白：他的目光没有发抖，他的声音也没有发颤，却对我说："这么说，您不抱任何希望了？难道您怀着您即将整体毁灭的念想活着吗？"我答道："是的。"

临了，他低下头，重新坐下，对我说他可怜我。他断定对一个人而言这是无法忍受的。而我，只觉得他开始让我厌烦了。轮到我转过身去，走到天窗下面。我用肩靠墙站着，无心听他唠叨，只听得他又开始向我问话。他说话时声音提心吊胆又紧迫恳切。我明白他动了感情，于是我更认真听他讲下去。

他对我说，他确信我的上诉会得到采纳，但我背负的罪孽应当由我自己来解脱。按他的说法，世人的正义无关紧要，上帝的正义就是一切。我指出正是前者判了我死刑呀。他回答我说，前者并未因此而洗刷得了我的罪孽。我对他说，我不知道什么叫做罪孽。人家只不过告诉我说，我是个罪犯。我是犯罪者，我付出代价，除此之外，谁也不能要求我任何东西了。当下，他重新站起来，我心想，在如此狭窄

陌路人 | 123

的单人囚室,他若想动弹,是没有选择的。必须坐下,要么必须起立。

我两眼瞧着地面。他向我走近一步便停下了,好像他不敢再往前了。他透过窗户栅栏遥望天空,对我说:"您搞错了,我的儿子。我们可以向您要求更多,也许将会向您提出来。"

"要求我干吗?"

"我们有可能请您看。"

"看什么?"

指导神甫朝自己周围看了一圈,我觉得他回答时声音突然非常疲惫,他说:"我知道,您瞧,所有这些石头墙壁都在流露痛苦,我每次瞧着它们都感到焦急不安,向来如此。但说句掏心窝的话,我知道你们当中最穷途末路之人都从石壁的昏暗中看出一张神明的面庞。我们要求您看得见这张神明的面庞。"

我有点儿被激怒了。我说,这些石墙,我瞧了几个月。这个世界上,我比谁都熟悉,比任何东西更为熟悉,也许很久以前,我对着石墙寻找一副面孔。但这张脸具有闪耀阳光的色彩,性欲的火焰,那就是玛丽的脸。我确实找过,但白费精力了。现在完了。在任何情况下,我都从未见过从石壁渗出的水中浮现任何东西。

指导神甫瞧着我,带着一种忧伤的神情。此时我整个儿靠着石墙,日光洒落在我的前额。他说了几句我没听清的话,便很快问我是否允许他拥抱我。"不。"我回答。他转过身向墙走去,慢慢用手摸墙,喃喃问道:"难道您对今世如此爱惜吗?"我不予答理。

他背对着我待了相当长时间。他的在场使我感到压抑,使我感到恼火。我正要叫他离开,叫他别管我,他却突然暴发似的转过身来向我嚷道:"不,我不能相信您的话。我确信您产生过对另一种生活的盼望。"我回答他说,那是很自然的,但不见得比盼望成为富翁、比盼望游泳飞快、比盼望长一张更会撒娇的嘴巴更重要吧。这些是同类别的。但他,打断我的话,执意想知道我如何看待所谓另一种生活。于是,我向他嚷道:"就是我可以回忆眼下生活的一种生活。"

陌路人 | 125

接着我立刻对他说，我受够他了。他却还要跟我讲上帝，我便向他逼近，企图最后一次向他解释我剩下的时间不多了，不愿意跟上帝一起浪费时间。于是他试图改变话题，问我为什么称呼他"先生"，而不叫他"我的父亲"。这一下把我惹翻了，我回答他说他原来就不是我的父亲，让他去当别人的父亲吧。

"不，不，我的儿子，"他说着，一边把手搭在我的肩上，"我与您同在。不过，您不可能意识到，因为您的心盲目了。我将为您祈祷。"

这么说吧，我身心有什么东西爆裂了。我即刻扯起嗓门儿直吼，凌辱了他，叫他不必为我祈祷。我揪住他的长袍领子，把我内心深处的喜和怒统统倾泻到他头上。他神气十足，确信无疑，不是吗？但依我看来，他任何一种确信都不值女人的一根头发。他甚而至于不确信自己活着和即将到来的死亡。是的，我所拥有的，仅此而已。但至少是真实的。我掌控这个真实，正如这个真实掌控着我。这不，我曾经合情入理，我现在合情入理，我始终合情入理。我曾经以这种方式生活过，也可能以另一种方式生活。我曾经做过这事儿，没有做过那事儿；我曾经没干过这事儿，而干过那事儿。之后呢？ 这好像我自始至终等待着这一分钟，等待着我将被证明无罪的拂晓。任何东西，任何东西都不重要，我清楚知道为什么。神甫，他也知道为什么。在我度过的全部荒诞生活期间，从未来的深处，一股无名的气息穿越尚未来到的岁月，向我扑面而来，其经过之处，让人们向我建议的东西与我曾经历的东西不会产生差别，未来与既往的生活不会更真实。既然唯一的命运必须由我自己选择，既然有几十亿得天独厚者像神甫那样跟我称兄道弟，那么其他人死了，一个母亲的爱，与我有什么关系？ 神甫的上帝，与我何干？ 别人选择的生活，与我何干？ 别人挑选的命运，与我何干？ 神甫，他懂吗？ 他到底懂不懂呢？ 大家都是得天独厚者。世上只有得天独厚者。其他人都一样，注定总有一天要死的。本人，被判死刑。但被告谋杀，只因在自己母亲下葬时没有哭泣而被处决，这事关重要吗？ 萨拉马诺的狗与他自己的老婆，两者价值相等。那个机器人似的小女人与马松娶的那个巴黎女人同样都是罪人，抑或很想让我娶她的玛丽与我也有罪呀。罪孽人皆有之嘛。雷蒙是我的伙伴，与塞莱斯特相比，后者更有价值，这很重要吗？玛丽今天把嘴伸向一个新的默尔索，关系重大吗？神甫，这个注定要死的人，他懂吗？从我未来死亡的深处喊出这一切，喊得快窒息了……但已经有人把指导神甫从我手里拉走了，看守们向我发出威胁，神甫，他却叫他们镇定，又默默瞧了我一阵子，他两眼充满泪水。然后，他转过身去，消失了。

神甫，他，走了，我重新得到安静。我精疲力竭，扑倒在我的小床上。我认为自己确实睡着了，因为醒来时，有些星光洒在我脸上，耳听得田野万籁俱寂。夜的气息，土的气味，海的咸味儿，使我感到两鬓清凉。沉睡的夏夜这种奇妙的安宁潮水般浸透我的身心。此刻，黑夜将近之时，汽笛声阵阵响起，宣示着航行的开启，其奔赴的天地如今永远与我渺不相关了。很久以来第一次，我想到我娘了。我觉得自己明白了为什么她在晚年要找个"未婚夫"，为什么玩起了

"重新开始"的把戏。那边，那边也是吧，在一个个生命黯然失色的老人收容所周围，夜晚犹如令人感怀感伤的停顿。如此接近死亡之际，我娘必定感受到了解脱，从而再活上一遍。任何人，任何人都没有权利为她而悲伤。而我，也一样，自己感到已准备就绪，再活上一遍。好像刚才这场勃然大怒清除了我的痛楚，掏空了我的希望。面对布满征兆和星辰的夜，我第一次向这个世界温馨的漠然敞开我的胸怀。体验到它如此像我，总之，如此富有手足之情。我深感我曾经是幸福的，我依然是幸福的，为了一切善始善终，为了使我不至于感到孤单，我别无他求，只希望我被处决的那天有许多看客，让他们以仇恨的呼喊来欢迎我吧。

补 编

作者前言

——应美国大学出版社出版该译著而作[①] (1958)

很久以前,我概括《陌路人》时用了一句话:"在我们的社会,但凡个人,凡是安葬亲娘不哭者,皆有被判死刑之可能。"我承认此言非常有悖常理。我只不过想说,本书主人公被判死刑,因为他不善于蝇营狗苟。在这个意义上,他与他生活的社会格格不入。他游荡,独善其身,处于私人生活边缘,孑然一身,耽于声色。所以,有些读者经不住将其视为落魄之人。然而,如果我们寻思自问默尔索为何不善于蝇营狗苟,就会对这个人物有个比较正确的看法了,总之,比较符合作者的意图了。答案很简单：他拒绝说谎。撒谎，不仅是说些不存在的东西，而且也是，甚至也是说些比现有更多的东西，并且涉及世人的良心，说出比自我感受更多的东西。这恰恰是我们大家天天在做的事情，为了使生活过得简单一些罢了。默尔索，与其表面现象相反，偏不愿意使生活简单化。是什么，他就说什么，他拒绝掩盖自己的情感，以致社会立即感到受威胁了。比如，人家要求他，按照约定俗成的用语，说对自己的罪行深表悔恨。他却回答，在这一点上，他感觉到的厌烦多于真实的悔恨。正是这个情感细微差别给他定了罪。

因此，对我而言，默尔索并非落魄之人，而是一个寒伧而外露的男子，爱好太阳，因为阳光不留阴影。远非缺乏一切感受性，他具有一种深厚的激情，鼓励着他，因为他坚忍不拔，凭着他对绝对和对真理的那股激情。与此相关的一种真实，尽管还是负面的，即存在的真实性和感知的真实

---

① 作者于1958年应美国大学出版之约为《陌路人》英译作序，同时出版的一家英国出版社也提出相同的要求，所以这篇《作者前言》同时在美、英发行。其实，这篇短文是在1953—1955年围绕《反抗者》出版后引起的大辩论时期写的。

性，如果缺乏这种真实性，任何对自己和世界的征服都将永远不可能。

人们阅读《陌路人》主人公的故事，觉得他虽然没有任何英雄姿态，却接受为真理而死亡。如果有这种感受，那就八九不离十没离谱儿。我势必也想说，尽管总是有悖常理，我尽力在我的人物身上塑造一个基督形象，唯一我们觉得当之无愧的形象。在我作出上述解释之后，大家必定明白，在下毫无亵渎神明之意，仅仅带有一点儿讽刺的情意而已。作为一个艺术家，我有权对自己创造的人物体验一下这份情意吧。

A.C.（阿尔贝·加缪）

图书在版编目(CIP)数据

陌路人/(法)加缪(Albert Camus)著;沈志明译.
—上海:上海译文出版社,2019.11
(译文经典)
ISBN 978 - 7 - 5327 - 8161 - 4

I.①陌⋯　II.①加⋯ ②沈⋯　III.①中篇小说-法
国-现代　IV.①I565.45

中国版本图书馆CIP数据核字(2019)第212022号

Albert Camus
L'ÉTRANGER

陌路人
[法]加缪 著　沈志明 译
策划/冯涛　责任编辑/黄雅琴　装帧设计/张志全工作室

上海译文出版社有限公司出版、发行
网址:www.yiwen.com.cn
200001　上海福建中路193号
常熟市人民印刷有限公司印刷

开本787×1092　1/32　印张5　插页6　字数60,000
2019年11月第1版　2019年11月第1次印刷
印数:0,001—6,000册

ISBN 978 - 7 - 5327 - 8161 - 4/Ⅰ•5027
定价:38.00元

本书中文简体字专有出版权归本社独家所有,非经本社同意不得转载、摘编或复制
如有质量问题,请与承印厂质量科联系。T:0521- 52601369

"译文经典"(精装系列)

书名	作者	译者
瓦尔登湖	[美] 梭罗 著	潘庆舲 译
老人与海	[美] 海明威 著	吴劳 译
情人	[法] 玛格丽特·杜拉斯 著	王道乾 译
香水	[德] 聚斯金德 著	李清华 译
死于威尼斯	[德] 托马斯·曼 著	钱鸿嘉 译
爱的教育	[意] 亚米契斯 著	储蕾 译
金蔷薇	[俄] 帕乌斯托夫斯基 著	戴骢 译
动物农场	[英] 乔治·奥威尔 著	荣如德 译
一九八四	[英] 乔治·奥威尔 著	董乐山 译
快乐王子	[英] 王尔德 著	巴金 译
都柏林人	[爱] 乔伊斯 著	王逢振 译
月亮和六便士	[英] 毛姆 著	傅惟慈 译
蝇王	[英] 戈尔丁 著	龚志成 译
了不起的盖茨比	[美] 菲茨杰拉德 著	巫宁坤 等译
罗生门	[日] 芥川龙之介 著	林少华 译
厨房	[日] 吉本芭娜娜 著	李萍 译
看得见风景的房间	[英] E·M·福斯特 著	巫漪云 译
爱的艺术	[美] 弗洛姆 著	李健鸣 译
荒原狼	[德] 赫尔曼·黑塞 著	赵登荣 倪诚恩 译
茵梦湖	[德] 施托姆 著	施种 等译
局外人	[法] 加缪 著	柳鸣九 译
磨坊文札	[法] 都德 著	柳鸣九 译
遗产	[美] 菲利普·罗斯 著	彭伦 译
苏格拉底之死	[古希腊] 柏拉图 著	谢善元 译
自我与本我	[奥] 弗洛伊德 著	林尘 等译
"水仙号"的黑水手	[英] 约瑟夫·康拉德 著	袁家骅 译
变形的陶醉	[奥] 斯台芬·茨威格 著	赵蓉恒 译
马尔特手记	[奥] 里尔克 著	曹元勇 译
棉被	[日] 田山花袋 著	周阅 译
69	[日] 村上龙 著	董方 译
田园交响曲	[法] 纪德 著	李玉民 译
彩画集	[法] 兰波 著	王道乾 译
爱情故事	[美] 埃里奇·西格尔 著	舒心 鄂以迪 译
奥利弗的故事	[美] 埃里奇·西格尔 著	舒心 译
哲学的慰藉	[英] 阿兰·德波顿 著	资中筠 译
捕鼠器	[英] 阿加莎·克里斯蒂 著	黄昱宁 译
权力与荣耀	[英] 格雷厄姆·格林 著	傅惟慈 译
十一种孤独	[美] 理查德·耶茨 著	陈新宇 译

书名	作者 / 译者
浪子回家集	[法] 纪德 著　卞之琳 译
爱欲与文明	[美] 赫伯特·马尔库塞 著　黄勇　薛民 译
存在主义是一种人道主义	[法] 让-保罗·萨特 著　周煦良　汤永宽 译
海浪	[英] 弗吉尼亚·伍尔夫 著　曹元勇 译
尼克·亚当斯故事集	[美] 海明威 著　陈良廷 等译
垮掉的一代	[美] 杰克·凯鲁亚克 著　金绍禹 译
情人的礼物	[印度] 泰戈尔 著　吴岩 译
旅行的艺术	[英] 阿兰·德波顿 著　南治国　彭俊豪　何世原 译
格拉斯医生	[瑞典] 雅尔玛尔·瑟德尔贝里 著　王晔 译
非理性的人	[美] 威廉·巴雷特 著　段德智 译
论摄影	[美] 苏珊·桑塔格 著　黄灿然 译
白夜	[俄] 陀思妥耶夫斯基 著　荣如德 译
生存哲学	[德] 卡尔·雅斯贝斯 著　王玖兴 译
时代的精神状况	[德] 卡尔·雅斯贝斯 著　王德峰 译
伊甸园	[美] 海明威 著　吴劳 译
人论	[德] 恩斯特·卡西尔 著　甘阳 译
空间的诗学	[法] 加斯东·巴什拉 著　张逸婧 译
爵士时代的故事	[美] F·S·菲茨杰拉德 著　裘因　萧甘 等译
瘟疫年纪事	[英] 丹尼尔·笛福 著　许志强 译
想象	[法] 让-保罗·萨特 著　杜小真 译
论自愿为奴	[法] 艾蒂安·德·拉·波埃西 著　潘培庆 译
人间失格·斜阳	[日] 太宰治 著　竺家荣 译
在西方目光下	[英] 约瑟夫·康拉德 著　赵挺 译
辛德勒名单	[澳] 基尼利 著　冯涛 译
论精神	[法] 雅克·德里达 著　朱刚 译
宽容	[美] 房龙 著　朱振武　付远山　黄珊 译
爱情笔记	[英] 阿兰·德波顿 著　孟丽 译
德国黑啤与百慕大洋葱	[美] 约翰·契弗 著　郭国良　陈睿文 译
常识	[美] 托马斯·潘恩 著　蒋漫 译
欲望号街车	[美] 田纳西·威廉斯 著　冯涛 译
佛罗伦萨之夜	[德] 海涅 著　赵蓉恒 译
时情化忆	[法] 米歇尔·布托 著　冯寿农 译
理想国	[古希腊] 柏拉图 著　谢善元 译
逆流	[法] 于斯曼 著　余中先 译
权力意志与永恒轮回	[德] 尼采 著　[德] 沃尔法 特编　虞龙发 译
人各有异	[美] E·B·怀特 著　贾辉丰 译
三十七度二	[法] 菲利普·迪昂 著　胥弋 译
精神疾病与心理学	[法] 米歇尔·福柯 著　王杨 译
纯真年代	[美] 伊迪丝·华顿 著　吴其尧 译

我们	[俄] 叶甫盖尼·扎米亚京 著 陈超 译
亚当夏娃日记	[美] 马克·吐温 著 周小进 译
为奴十二年	[美] 所罗门·诺萨普 著 蒋漫 译
美丽新世界	[英] 马克·奥尔德斯·赫胥黎 著 陈超 译
斯万的一次爱情	[法] 普鲁斯特 著 沈志明 译
怪谈·奇谭	[日] 小泉八云 著 匡匡 译
名人传	[法] 罗曼·罗兰 著 傅雷 译
西西弗神话	[法] 阿尔贝·加缪 著 沈志明 译
大师和玛格丽特	[俄] 米·布尔加科夫 著 高惠群 译
人的权利	[美] 托马斯·潘恩 著 乐国斌 译
螺丝在拧紧	[美] 亨利·詹姆斯 著 黄昱宁 译
古代哲学的智慧	[法] 皮埃尔·阿多 著 张宪 译
柏林,亚历山大广场	[德] 阿尔弗雷德·德布林 著 罗炜 译
心灵、自我与社会	[美] 乔治·H.米德 著 赵月瑟 译
生活的意义与价值	[德] 鲁道夫·奥伊肯 著 赵月瑟 译
身份的焦虑	[英] 阿兰·德波顿 著 陈广兴 南治国 译
反抗者	[法] 加缪 著 沈志明 译
沉思录	[古罗马] 马可·奥勒留 著 唐江 译
新教伦理与资本主义精神	[德] 马克斯·韦伯 著 袁志英 译
天才雷普利	[美] 帕特里夏·海史密斯 著 赵挺 译
小说面面观	[英] E·M·福斯特 著 冯涛 译
伤心咖啡馆之歌	[美] 卡森·麦卡勒斯 著 卢肖慧 译
走出非洲	[丹麦] 伊萨克·迪内森 著 刘国枝 译
骑兵军	[苏联] 伊萨克·巴别尔 著 张冰 译
有闲阶级论	[美] 索尔斯坦·凡勃伦 著 凌复华 彭婧珞 译
乌合之众	[法] 古斯塔夫·勒庞 著 陆泉枝 译
陌路人	[法] 加缪 著 沈志明 译